袁筱一 许钧 主编

L'enfant de sable

Tahar Ben Jelloun

沙的孩子

［摩洛哥］塔哈尔·本·杰伦 著

黄依波 译

上海译文出版社

非洲法语文学：边界、历史与问题
——『非洲法语文学译丛』序

对于"非洲法语文学",我们可以有一个很简单的"望文生义"的解释,那就是来自非洲的作家用法语写成的文学作品的总和。即便这样的释义排除了早期非洲的法国殖民者翻译和编撰的非洲口头文学,例如在1828年出版的《塞内加尔沃洛夫族寓言故事》(*Fables sénégalises recueillies de l'Ouolof et mises en vers français*),这一文学的历史仍然可以向前追溯将近两百年的时间。1853年,混血的塞内加尔布瓦拉神父(L'abbé Boilat)完成了近五百页的《塞内加尔草图》(*Esquisses sénégalaises*),这部带有民族志意味的作品已经蕴含了非洲法语文学的萌芽,因为我们很快就会看到,从非虚构到虚构,从随笔到诗歌,从诗歌到小说,非洲法语文学很快就覆盖了几乎所有的体裁,并且再也不容"法国文学"忽视。

只是作品的诞生并不意味着一种独立的文学就此成立。事实上,非洲法语文学在上世纪五十年代末期进入"法语文学",只在《七星百科全书》(*Encyclopédie de la Pléiade*)的"法语文学卷"里占了差不多十几页。当然,这并不意味着进入"法语文学史"——在非洲法语文学还未对法语文学提出问题之前,"法语文学史"在某种意义上并不存在。瑞士的、加拿大的法语文学并不特别构成一个具有整体性的"法语文学"——就是非洲法语文学取得合法性的开始。然而有趣的是,七十年代由苏联高尔基世界文学研究所集体编撰,译成汉语逾五十万言的《非洲现代文学》中,非洲的法语文学却已经得到了较为详尽的描述,许多在20世纪七十年代之前的非洲法语作家都在该书中占有一定位置。或许就是所谓选择事实、判断事实，并且为读者提供何种角度，从而"激励去发现在每一个历史背后的合理性"[1]的问题。将两个在时间上相距不远的文学史书写事件联系在一起让我们清楚地看到，因为并非民族文学的产物，时时处在变化之中的非洲法语文学在要求得到合法性定义的过程中，也对此前建立在民族或者国别文学之上的"世界文学"的合法性不断发起冲击，呼唤另一种阅读、审视与书写世界文学的模式。

我们对于非洲法语文学的翻译与研究也寄身在这一背景之中。因此，在"非洲法语文学译丛"出版之际，我们觉得有必要首先对大多数中国读者并不熟悉的非洲法语文学的地理边界、历史及其所包含的问题做出界定和说明。

一、模糊的边界：非洲的还是法语的？

高尔基世界文学研究所的《非洲现代文学》选择了国别文学这一在上世纪颇为流行的"外国"文学史的做法，这就使得非洲法语文学作品散落在不同国家或者地区的文学里，尤其是北非以及西非，例如阿尔及利亚、摩洛哥、突尼斯，或者塞内加尔、马里、象牙海岸（今译科特迪瓦）等。或许这一做法有效地避开了非洲法语文学的地理边界问题，同时也彰显了编撰者的批评立场，即并不将非洲法语文学当作一个整体来对待。

---

1. 海登·怀特著、罗伯特·多兰编，《叙事的虚构性：有关历史、文学和理论的论文（1957—2007）》，马丽莉、马云、孙晶姝译，南京大学出版社，2019年版，第73页。

由是，列奥波尔德·塞达·桑戈尔（Léopold Sédar Senghor）是塞内加尔的作家，波里·哈苏梅（Paul Hazoumé）是达荷美的（即今天的贝宁），沙尔·诺康（Charles Zegoua Nokan）是象牙海岸的，等等。他们越过了"法语"这一语言和文化的边界，从属于更大的非洲文学。

首先突出非洲法语文学中的非洲属性，当然是一种选择。这是我们熟悉的，假设为稳定的地理边界。只是这一选择暗含着一个命题，即非洲法语文学与非洲英语文学、非洲豪萨语文学或非洲斯瓦希里语文学是并列的、同质的，并且一旦形成，从此就可以形成传统，像我们熟悉的国别文学一样代代相传，然而我们都清楚，事实并非如此。即便与非洲法语文学的另一个"法语的"文化属性相比，或许这一地理属性也并非我们想当然的那么稳定。其不稳定性主要源于两点：首先是因为始于15世纪中叶的奴隶贸易早就使得文化意义上的非洲溢出了地理边界上的非洲；其次则在于，正如李安山在《非洲现代史》一书中指出的那样，"将非洲作为一个整体进行分析并不科学[1]"，因为殖民的原因，"非洲是国家最多的大陆"，非洲各国在人口、宗教信仰、语言文化、经济发展以及独立的历史进程等方面千差万别。第一点导致了文学地理意义上的非洲毫无疑问大于政治地理意义上的非洲：除了非洲大陆21个用法语作为官方语言的国家，6个将法语视作通用语言的国家之外，加勒比地区因其与法国之间千丝万缕的关系，也仍

---

1. 李安山著，《非洲现代史》，华东师范大学出版社，2021年，前言，第5页。

然是欧洲和北美洲之外盛产法语文学的地区。第二点则使得哪怕在地理上同属于非洲大陆，甚至同属于非洲大陆的同一板块，例如北非地区，在法语文学方面的产出也是极不均衡的。《非洲现代文学》的章节划分极为清晰地反映了这一不平衡性。非洲法语文学主要散落在五章的内容中，北非的阿尔及利亚、摩洛哥和突尼斯均独立成章，塞内加尔、象牙海岸、几内亚、达荷美、喀麦隆、刚果（布）、马里和中非共和国则共同构成西非一章，另外还有单独成章的马达加斯加（1975年之前为马尔加什共和国），其他法语国家和地区则未有涉及。高尔基世界文学研究所的做法显然有置身该文学之外的"外国文学"研究的立场，但是，值得一提的是，1990年，法国著名的非洲文学学者雅克·谢夫里埃（Jacques Chevrier）的研究著述《非洲文学：历史与主题》(*Littérature africaine: Histoire et grands thèmes*) 也采取了类似视角，将非洲法语文学与非洲英语文学并置，虽然非洲英语文学在该书中只占有百分之十的篇幅[1]。

与突出非洲属性相对的，则是突出法语属性的另一种立场。这一立场打破了地理的边界，倾向于区分"黑非洲"与北非马格里布地区，在早期的法国文学史书写中，"黑非洲"的法语文学通常还会因其起始阶段的"黑人性"运动容纳进加勒比的塞泽尔（Aimé Césaire）或是达马斯（Léon

---

1. 参见米歇尔·奥塞尔（Michel Hausser）、马丁·马修（Martine Mathieu）著，《法语文学III·黑非洲与印度洋卷》(*Littératures francophones III. Afrique noire, Océan Indien*)，贝林出版社（Belin），1994年，第10页。

Damas)。《法语文学III·黑非洲与印度洋卷》(*Littératures francophones III. Afrique noire, Océan Indien*) 为我们列出了一系列相关的指称：1974年，出版了雅克·谢夫里埃的《黑人文学》(*Littérautre nègre*)，将安的列斯群岛（海地以及仍然属于法国海外省的马提尼克和瓜德罗普）、非洲和马达加斯加的法语文学统统囊括在内；1976年，罗伯特·科尔纳凡（Robert Conevin）出版了《黑非洲法语文学》(*Littératures d'Afrique noire de langue française*)，标题中的"文学"采用了复数形式，分国家论述"黑非洲法语文学"，也以此赋予了复数形式以合理的解释；1980年，刚果小说家和教授马库塔–姆布库（Makouta-Mboukou）所著的《黑非洲法语小说导论》(*Introduction à l'étude du roman négro-africain de langue française*) 又恢复了法语小说的单数形式，认为黑非洲的法语小说事关"一种"新的、特别的文学；1985年，则出版了《1945年以来的法语文学》，从而将黑非洲法语文学视为包括瑞士法语文学、比利时法语文学甚至是犹太法语文学——例如我们会想起2004年凭借《法兰西组曲》的遗稿获得雷诺多文学奖（Renaudot）的内米洛夫斯基——的法语文学的一部分[1]……

无论是法语在前，还是非洲在前，都不能解决异质、多元和不平衡的非洲法语文学所带来的矛盾。倘若我们把整体性的问题放在一边，只取地理的维度，倒也并不是说不清楚。这一

---

1. 参见米歇尔·奥塞尔、马丁·马修著，《法语文学III·黑非洲与印度洋卷》，贝林出版社，1994年，第10—11页。

有别于瑞士、比利时或者加拿大的法语文学，主要关乎四块地方：其一是"黑非洲"（即撒哈拉沙漠以南地区）的法语地区，李安山所谓的"西非板块"，是法国或者比利时在西非的旧时殖民地；第二块则是北非的法语地区，也称马格里布地区；第三块则是印度洋的岛屿，包括马达加斯加、毛里求斯和留尼汪；最后一块则在地球另一端的加勒比地区，包括安的列斯群岛和圭亚那。诚然，加勒比不属于地理意义上的"非洲"，但源于15世纪中叶的奴隶贸易却将这块地域与法语文学和文化联系了起来，并且成为最早的"黑非洲"文学的发生地。

  加勒比几乎是一个象征，预示着非洲法语文学作者们流散的命运。因为奴隶贸易、殖民以及后殖民时代的到来，留下的和出发的几乎随时可以发生变化，非洲法语文学作者们的唯一共同点只在于，无论是20世纪初离开马提尼克来到巴黎，最后又回到马提尼克的塞泽尔，还是在2024年才辞世不久、从瓜德罗普来到法国，继而前往非洲、在美国执教，最后回到法国和瓜德罗普的玛丽斯·孔戴（Maryse Condé），非洲法语文学的作家们都会在法国或者法语文化的时空下或会聚，或交错。以至于在21世纪的今天，勾勒非洲法语文学的边界似乎是一件不可能的事情。因为即便从地域上廓清了非洲法语文学，我们仍然可以追问无穷多的问题：例如如何定义非洲法语文学作者的身份？肤色吗？国籍吗？出生在阿尔及利亚、小说的背景亦会根植于阿尔及利亚的加缪属于非洲法语文学的作者吗？或者，在法国出生、长大，却时不时会回到"非洲主题"

的玛丽·恩迪亚耶（Marie NDiaye）属于非洲法语文学吗？更困扰我们的可能是，"黑人性"运动无疑奠定了非洲法语文学渐渐成为一个整体的基础，但是，来自至今仍然是法国海外省的马提尼克的塞泽尔是"非洲"法语文学的作者吗？如果塞泽尔是，那么，声称自己就是法国人，并且提出了"克里奥尔化"概念的爱德华·格里桑（Édouard Glissant）是"非洲"法语文学的作者吗？

二、非洲法语文学的历史与现状

脱离了历史，非洲法语文学的地理边界在某种程度上并没有太大的说服力。

作者来自非洲的或是与非洲相关的，用法语写成的，隐含着"黑人"种族（或者本土居民的）以及由此带来的一系列问题——无论地点是在哪里，欧洲、美洲或者非洲——这是对非洲法语文学的较为宽泛的界定。

如果我们同意这样一种界定，非洲法语文学在不同地区或者国家出现的时间当然也是不同的。开始较早的是加勒比地区：海地的第一部法语小说在1859年就已经出现，是埃梅里克·贝尔若（Émeric Bergeaud）的遗作《斯黛拉》(Stella)，在当时海地独立斗争的背景下，小说号召黑人和混血儿联合起来共同抵抗法国的殖民压迫。但是海地的法语诗歌创作则开始得更早，并且在很长时间都是加勒比地区法语文学的主流体裁，虽然因为诗歌创作的场景往往比较分散，很难说清楚第一首用法语创作的诗歌究竟创作于何时[1]。而西非早期由黑人创作的"文学作品"则较早也可以追溯到1850年，"塞内加尔当地人"列奥博尔德·帕奈（Léopold Panet）发表在《殖民杂志》（*Revue Coloniale*）上的一篇游记《乘坐"莫加多号"赴塞内加尔的一次旅行》[2]。

然而在19世纪，这些零星的、没有后续的法语文学却并不能形成一个具有整体意义的"非洲法语文学"。当时这些地区的被殖民处境也制约了非洲法语文学的发展，从而让具有萌芽性质的作品只是被当成法国文学极为边缘的一部分来看待，其价值取决于法国读者对于"异国情调"的趣味。对于文学史家来说，这个问题转化为另一个："非洲法语文学"的源头究竟在于非洲文学呢，还是在于法语文学？在于非洲的口头文学，例如游吟诗人、非洲戏剧，甚至宗教意义上的艺术表演，还是在于已经发展到浪漫主义和现实主义的法国文学？《法语文学III·黑非洲与印度洋卷》的作者指出，"有些人试图在842年的《斯特拉斯堡宣言》中追溯非洲法语文学的诞生"，

---

1. 克里斯蒂娜·恩迪亚耶（Christiane Ndiaye）主编的《法语文学导论》（*Introduction aux littératures francophones*）一书中，茹贝尔·萨迪尔（Joubert Satyre）在《加勒比》一章中提到，海地最早的法语诗歌或许可以追溯到1749年，杜维维埃·德·拉玛奥提埃（Duvivier de la Mahotière）的《离开平原的幼鲭》（*Lisette quitté la plaine*），但该诗的语言并不是严格意义上的法语，而是加勒比当时已经渐渐形成的另一种杂糅了法语、英语和当地语言的克里奥尔语。具体可参见克里斯蒂娜·恩迪亚耶著，《法语文学导论》，第167页。
2. 参见罗伯特·科尔纳凡（Robert Cornevin）著，《黑非洲法语文学》（*Littératures d'Afrique noire de langue française*），法国大学出版社（PUF），1976年，第109页。

但是另一方面，在 1808 年，格雷瓜尔神父（L'abbé Grégoire）就已经用《黑人的文学》来证明非洲法语文学更为深刻，并且有别于法国法语文学的传统[1]。

到了 20 世纪初期，已经有一些重要的作品出现，显示出非洲法语文学发展的潜力。例如赫勒·马郎（René Maran）被冠之以"一部真正的黑人小说"的《霸都亚纳》(*Batouala*)。这部小说得到了 1921 年的龚古尔文学奖，在法国也算是轰动一时。只是在非洲法语文学的合法性尚未得到承认的时候，作者的声音也没有得到更加全面的理解。马郎期待着"从此之后，只要我开口就没人再敢提高嗓门"，然而他却陷入了困境，因为他的作品尽管非常温和，但"对于他揭露的体制而言是难以忍受的"[2]。

暂时搁置这一矛盾需要等到 20 世纪三十年代的"黑人性"运动，两种源头真正地汇聚在一起。黑人大学生从与非洲相关的各个地方来到巴黎。在 19 世纪末美国黑人文化复兴运动的影响下，来自加勒比和西非的黑人大学生找到了写作的一致目标：复兴黑人文化，提升黑人文化的价值，以此来反对甚嚣尘上的种族歧视。埃梅·塞泽尔 1935 年在《黑色大学生》杂志中率先创造了"黑人性"一词。到了三十年代末，桑戈尔对"黑人性"做出了回应。《阴影之歌》(*Chants d'ombre*)

---

1. 参见米歇尔·奥塞尔、马丁·马修著，《法语文学 III·黑非洲与印度洋卷》，贝林出版社，1994 年，第 17 页。
2. 阿明·马鲁夫（Amin Maalouf）著，《赫勒·马郎或先驱者的困境》，《霸都亚纳》2021 年版序言，阿尔班·米歇尔出版社（Albin Michel），2021 年，第 13 页。

的诗集中，出现了"黑人性"(《愿科拉琴和巴拉丰木琴为我伴奏》[Que m'accompagne kôras et balafong])，但是更重要的是，出现了无数与白色相对的"黑色"的意象：黑色的森林、黑色肌肤，是"白皙的双手""摧毁帝国""使我陷入仇恨和孤独"(《巴黎落雪》[Neige sur Paris])。团结在一起发出的声音不再如当年的马郎一般孤单，在当时的环境下，也争取到了巴黎主流文学界的同情。

如果说对于"非洲法语文学"的定义始终模糊，大家在这一指称上达成的重要共识的时间却是清晰的：诗人们发起的"黑人性"运动成为"非洲法语文学"的开端。正是因为其模糊性，"黑人性"这样一个同时具有政治性和文化性的概念暂时弥合了来自不同地方的黑人大学生之间的分歧；而一部分欧洲知识分子，面对即将陷入战争或已经陷入战争或才走出战争的法国与欧洲，也开始反思所谓进步的文明。从20世纪三十年代末到四十年代，"黑人性"运动的领袖们都围绕着马郎开了头的"黑人"的话题，完成了一系列的重要作品，例如塞泽尔在1939年首先发表在杂志上，后来五十年代才在非洲存在出版社出版的《还乡笔记》(Cahier d'un retour au pays natal)；同样写作于三十年代末的桑戈尔的《阴影之歌》等等。四十年代末，"黑人性"运动的创作达到了高峰。1947年，达马斯在法国瑟伊出版社（Seuil）出版了他的《法语诗集》。第二年，桑戈尔也在法国大学出版社出版了著名的《黑人和马达加斯加法语新诗选》。尤其是后者，因为萨特的加持，取得了极大的成功。在《黑色的俄耳甫斯》一文中，萨特为到目前为止只停留在文学意象上的"黑人性"给出了一个比较清晰的解释，即"黑人思想和行为中共有的某种品质"。这篇堪称"黑人性"宣言的序言让黑非洲的诗人们聚集在了同一面旗帜下。

因而，这一代诗人虽然日后同样饱受争议，但是他们却奠定了非洲法语文学的基础。从此，被攻击也罢，被拿来暂时做一面斗争的旗帜也罢，非洲法语文学总算有了成为一个整体的理据，开始拥有自己的历史。而历史一旦揭开序幕，就必有后来。从"黑人性"运动到20世纪七十年代各国的独立战争陆续发生并渐渐告一段落，反殖民的话题成为非洲法语文学第二个阶段的共同核心，顺利地将非洲法语文学的历史延续了下来。文学作为一种证词，记录下被殖民的历史，或是在独立战争期间的现实。正是在赋予自身明确任务，并且对共同需要面对的黑人的命运进行思考的过程中，非洲法语文学没有因为当初的"黑人性"运动的领袖的离散而消失：塞泽尔回到了马提尼克，桑戈尔成了独立之后的塞内加尔共和国的第一任总统，达马斯也在法属圭亚那、法国和美国之间奔波，但是无论在哪里看到的现实，黑人一样免不了悲惨命运。文学必须要做出解释，甚至为黑人、为被压迫的人寻求解放的道路。出生于马提尼克，在巴黎完成精神分析博士学业，后来成为阿尔及利亚医院的精神分析科负责人的弗朗茨·法农（Frantz Fanon）宣称作家"注定要进入他的人民的内心"，或许比此前的第一代非洲法语文学的作者们更清晰地昭示了非洲法语文学的独特使命。

但独立之后的非洲法语文学的命运又将如何呢？殖民毫

无疑问已经被宣判为非正义的以及"政治不正确的",这是否预示着非洲法语文学的共同目标已经得到了解决?只是诚然如我们所看到的那样,在很多非洲国家,独立战争带来的是幻灭。依然是如《法语文学 III·黑非洲与印度洋卷》所言,"(非洲法语文学的)未来取决于非洲的法语——或者加勒比的法语——以及法语在非洲的发展与命运,取决于当地语言的命运,取决于图书市场,取决于(新)媒体的扩展与变化"[1]。变化已经产生,写作者个体的命运和足迹不尽相同,他们表述非洲和非洲人的方式也不尽相同,很难再用统一的发展逻辑加以概述。唯一可以加以简要说明的是,在上世纪末到今天的近半个世纪的时间里,随着后殖民时代的到来,非洲法语文学在不断产生新的问题,并且试图从不同角度回答这些问题。非洲法语文学作者的流散不仅没有导致非洲法语文学的死亡,相反,因为其共同的两个源头——"非洲的"和"法语的"——的不断碰撞,总是在激起新的思考,呼唤新的写作方式。对于出生在法国的非裔作家而言,他们拥有第一代写作者的"他者"目光,他们笔下的"自我"和"他者"完全是颠覆性的;加勒比的法语作者们借助法国思想家的理论思考,提出了杂糅的"克里奥尔化"的概念,从"他者"与"自我"不断共生的角度论证了自身所属的文化未来,而不再只是从一味维护和伸张"黑人性"和"非洲性"的角度出发;而出生于非洲的法语写作者

---

[1]. 参见米歇尔·奥塞尔、马丁·马修著,《法语文学 III·黑非洲与印度洋卷》,贝林出版社,1994 年,第 131 页。括弧内的文字为作者所加。

们与"法语的"语言和文化之间的关系也发生了巨大的变化。新一代的写作者几乎都拒绝了这样或者那样的标签，但在写作的时候都加强了"与非洲相关"这一源头性因素，使之重复出现在读者、媒体和批评界的眼前，因而也在不断提醒非洲法语文学的存在。

三、非洲法语文学的重大主题与理解当代世界的别样角度

非洲法语文学之所以能够作为"一种"文学（*une* littérature）存在，或者说，一种复数的、随时都在变化的文学（une littérature plurielle, changeante）存在，其根本并不在于写作者毋庸置疑的身份（例如国籍、出生地甚至种族），也不在于已经发展了数个世纪、传统被一再定义、一再被经典化的文化，而是在于这些来自世界各地、在精神上将非洲认作故乡的写作者们书写的经验都围绕同样的问题展开。我们能够清晰地认出这些尤其属于——但并不是只属于——非洲文学的问题：历史、身份、性别、文化杂糅……如果我们将"黑人性"运动理解为非洲法语文学的开端，也就不难理解，作为殖民的产物，非洲法语文学与世界化的背景密切关联。一切都是从移动开始的：殖民，被殖民，殖民后。有主动的出击与侵占，也有被动的出走与回归——以及无法回归。是移动带来了身份问题，也是移动使得新一代的作者有了重新思考不同的性别、种族和文化实体之间权利差异的问题，是移动打破了文化的固有边界，产生了文化的杂糅，以碎片的方式而不是以"教化"或者征服

的方式渗透在我们生活的方方面面……

在非洲法语文学的不同阶段，这些问题会呈现出不同的面貌。非洲法语文学中有永远的"异乡人"，回到非洲的法国人是"异乡人"，在法国的黑人也是"异乡人"，甚至去到非洲寻根的加勒比人也是"异乡人"。当塞泽尔写道，"他们不知远游只知背井离乡／他们越发灵活地卑躬屈膝／他们被驯化被基督教化／他们被接种了退化堕落……"，叙事者毫不犹豫地用了"他们"这样的第三人称。当《三个折不断的女人》（*Trois femmes puissantes*）中的诺拉（Nora）来到父亲所在的塞内加尔，"有点讲不清父亲家究竟住在什么地方"，因为"她只知道大概的地址，街区的名字，E区，但二十年来那里建起了那么多幢别墅，她又没怎么去过"，在"她又一次让出租车司机迷失了方向"的时候，在突然来到的丈夫和孩子面前，她感到了茫然和尴尬，因为她觉得或许丈夫会认为，父亲的产业和房子都是她编造出来的。此时，她是和丈夫一样的异乡人，甚至比丈夫——因为无法感受所谓的"异国情调"——更加难以忍受非洲绚烂的凤凰木的腐烂味道。在孔戴笔下，来自安的列斯群岛的维罗妮卡（Veronica）作为一个冷静甚至有点冷酷的叙事者出现在《等待幸福》（*Heremakhonon*）里的非洲时，她生动地诠释了法农在《大地上受苦受难的人们》中道出的那句话："黑人正在从地球上消失……没有完全相同的两种文化"。

与身份或者种族所提出的权力问题相伴相生的，自然还有性别的问题。所有的非洲法语文学写作者几乎都是女性主义者,无关乎写作者是男是女,如果我们把女性主义者理解为格外关注女性的命运以及她们所背负的沉重历史与现时,那么,让女性开口说话,就像第一代作者要让失声的黑人开口说话一样,是非洲法语文学的写作者赋予自身的另一重要使命。即便不像孔戴那样,直接借《薄如晨曦》(*Moi, Tituba, sorcière...Noire de Salem*)里的人物之口道出"男人不爱。他们占有。他们征服"的残酷事实,不得不屈服于非洲传统以及西方的双重父权话语中的女性一向是非洲法语文学写作者——尤其是北非的女性写作者——最喜欢书写的对象。女性或为叙事者,或为第一人称的人物,共同承担起探寻女性过去、现在和未来命运的责任。也正是这些不同时代的非洲法语文学作品告诉我们,女性问题的复杂之处就在于,性别不平等的问题并非像我们开始时所想象的那样,能够通过接受教育,通过站在民族解放、站在种族平等事业的一线,通过奋起反抗就解决了的。奴役并非形式上或者制度上的问题,它一旦进入历史的恶性循环,就会深入意识,就会成为永远在流动着的枷锁。

对于历史真相的追寻和确立,同样是非洲法语文学试图完成的任务之一:如何重建非洲大陆在一次次被侵略的过程中渐渐破碎的文明?或许,最直接的方法就是依靠想象,或者历史的材料还原曾经的、复数的历史真相,恢复在历史断裂之前曾经一体过的——这也同样是一种想象——共同体。我们并不奇怪非洲法语文学中为什么会充满暴力与战争:大到屠杀和各种形式的战争,小到各种宗教的、文化的、个人的冲突。战争可以发生在殖民者与被殖民者之间,但是随着时间的推移,战争在表面上更多地发生在同胞之间。独立或者不独立都不足以避开战争。《裂隙河》(La Lézarde)里的塔埃勒(Thaël)离开家,往山下去,他还不知道,有一场刺杀的任务在等着他。殖民者虽然不得不撤离,但是想要派驻一个他们的代表,来管理已经成为殖民宗主国海外省的朗布里亚纳,仍然变相地维护他们的殖民渗透。代表是一个和塔埃勒一样的当地人,是塔埃勒的同胞,也是人民的叛徒。但这样的一个变节者被刺杀了,却不足以保证构建一个和平、繁荣以及理想的、同质的共同体,因为代表甚至连一个象征都算不上。历史的问题因而也与记忆的问题连接在了一起。伸张书写和评价历史的权利,以"复数"的形式强调记忆的正义性,以"小人物"的个人记忆反抗集体记忆的尝试,这恰恰就是包括非洲法语文学在内的文学"复数"之所在。正如意大利思想家安东尼奥·葛兰西(Antonio Francesco Gramsci)所指出的那样,历史的异质性得到充分实现的条件就是人民大众将为统治阶级服务的价值观内化为自己的价值观[1]。而非洲法语文学便是被唤起的,对于统一的、主流的、殖民性的价值观的反抗形式之一,它必然以异质的面貌出现。

而这一切,仅仅和非洲相关吗?或许,"法语的"这一我们曾经一度认为——法国文学也曾经如此认为——更为重要的

---

[1]. 转引自伊夫·克拉瓦隆(Yves Clavaron)著,《法语地区,后殖民与世界化》(Francophonie, postcolonialisme et mondialisation),加尔尼埃出版社(Granier),2018年,第141页。

属性，最终只是为了直接对话，让更多的人听到，从而为了更牢固地成为世界文学的一部分而已。

　　让更多的人听到和理解，让更多的人能够借助对"他者"的理解来丰富对自身的、对自身所处的世界的理解，这也是"非洲法语文学翻译与研究"计划的初衷。对于中国的大多数读者而言，非洲法语文学还是一个陌生的存在。而它的复杂性和多元性也的确为我们快速地理解，继而进入这一新兴的、不过百年历史的文学设置了重重障碍。让大家能够对非洲法语文学的发生，对其过去和现在有初步的感受，是我们决定策划、编选"非洲法语文学译丛"的最根本的想法。因此，我们选择了较为宽泛的非洲法语文学的定义。而我们的出发点也更倾向于历史，而非地理意义的非洲大陆；更倾向于作品，而非作者的身份。因为我们相信，相较于国家与语言边界相对固定的民族文学，非洲法语文学更是开放的，处在时时的变化之中的。但这也正是它的魅力所在。

　　"非洲法语文学译丛"第一辑共收录六部作品。其中三部是非洲法语文学源头性的作品，分别是圭亚那作家赫勒·马郎的《霸都亚纳》、马提尼克作家埃梅·塞泽尔的《还乡笔记》和塞内加尔诗人、总统桑戈尔的诗集。马提尼克的爱德华·格里桑的《裂隙河》写于1958年，获得了当年的雷诺多文学奖，相较于非洲大陆同一时期的作品，或许它更能够反映在上世纪的五六十年代，即将步入纷繁、复杂后殖民世界的非洲社会的重重矛盾。我们还选入了更为当代的两部作品：来自摩洛哥的本·杰伦（Tahar Ben Jelloun）的《沙的孩子》（*L'enfant de Sable*）以及法国作家玛丽·恩迪亚耶的《三个折不断的女人》。虽然它们还远远不能反映复数的非洲法语文学的全貌，但希望读者能够从中窥得一两分非洲法语文学的意思。

  需要感谢国家社科基金重大项目"非洲法语文学翻译与研究"的团队，也要感谢上海译文出版社的慧眼识珠与鼎力支持。非洲法语文学的作品是挑战阅读舒适区，同时也挑战读者已有的知识体系的作品。它是鲜活的，跳跃的，也是充满趣味和力量的。无论是在一百年前，还是在今天，非洲法语文学的写作者们都不会将既有的写作成规放在眼里。在所谓人工智能大行其道的今天，或许，它也是最不"人工"的作品之一。这应该算是非洲法语文学对世界文学另一个出其不意的贡献吧。

袁筱一

2024 年 6 月 15 日凌晨

目 录

1 男人 ……………………………………… 001
2 星期四之门 …………………………… 007
3 星期五之门 …………………………… 019
4 星期六之门 …………………………… 029
5 Bab El Had …………………………… 036
6 被遗忘之门 …………………………… 050
7 禁闭之门 ……………………………… 056
8 反抗到底 ……………………………… 063
9 "像建房子一样塑造一张面孔" ……… 072
10 被句子吞噬的说书人 ………………… 085
11 拥有女人乳房的男人 ………………… 088
12 那个胡子刮得很差的女人 …………… 100
13 绝境之夜 ……………………………… 104
14 萨利姆 ………………………………… 108
15 阿马尔 ………………………………… 117
16 法图玛 ………………………………… 133
17 盲眼行吟诗人 ………………………… 140
18 安达卢西亚之夜 ……………………… 158
19 沙之门 ………………………………… 165

1 男人

先映入视线的是这张脸，被道道竖纹拉长，宛如几个世纪的失眠烙下的疤，参差凌乱的胡子，岁月的沧桑沟壑纵横。生活——什么样的生活？由遗忘构成的奇怪表象——一定曾折磨他，使他沮丧甚至痛心。从他脸上或可读出或可猜到深刻的伤痛，仅仅某个不慎的动作、注视的目光、饱含探究或者恶意的眼神都足以再次揭开这道伤疤。他躲避一隅，不愿暴露在刺眼的光下，用手臂挡住它射入眼帘。白昼、灯盏或满月的光都令他痛苦，因为光揭开他的躯壳，刺透他的皮肤，将那难以启齿的耻辱或藏于深处的泪水暴露无遗。他感觉光就像一团火一样掠过他的身躯，烧毁他虚伪的面具；又像一把刀子，缓缓剃下他用来维系和别人之间必要距离的肉体屏障。可若是把这层隔绝他人而自我保护的屏障剔去，他将何去何从？或许他将赤裸裸地、手无寸铁地落到人们手中，落入那些一直好奇、怀疑甚至是刻骨仇恨他的人们手中；人们无法忍受这男人的缄默不言和精明睿智，这个仅凭其独断和谜一般存在就得以轻易打乱他们生活的人物。

光线使他感到赤裸，噪音令他感到不安。自从他退居到这个毗邻露台的高层房间后，就再也无法忍受外面的世界了，和外界的交流只是每天给玛莉卡开一次门，让这位女佣给他送来食物、信件和一碗橙花汤。他十分中意这个老女人，把她当亲人一般。她谨慎又温柔，从不过问他什么问题，可彼此间的心照不宣却使他们更加亲密。噪音，或尖锐或微弱，粗俗的笑声，收音机里单调烦人的曲子，院子里倾倒水桶的响声，孩子们在小巷里设下陷阱虐待迷路的瞎猫或瘸腿狗的声音，乞丐的哀求和悲叹，录制粗糙的祷告召唤声，高音喇叭每天要播放五次那刺耳的录音。这已经不是对祷告的召唤了，而是煽动骚乱。城市中所有的声响和喧嚣都停留在那里，悬在他房间上方挥之不去，只有风才能将其驱散或消弱。

他患上了过敏；他的身体敏感易激，稍有刺激便触发其感知，随即与其身体融为一体、默默发酵以至于辗转反侧、无法入眠。可是他的感官并没有像人们想象的那样失调。相反，它们变得异常敏锐、活跃，不眠不休。他的感觉渐渐扩大并占据了这具身体的全部空间，占据了他被生活颠覆、由命运拨弄的身躯。

他拥有能够捕捉一切的嗅觉。他的鼻子能够嗅到所有气味，甚至是尚未出现的气味。他自称拥有着盲人般的嗅觉，刚离世之人的听觉，先知般的视觉。可惜他的生活并不同于圣人那般，虽然他本可以成为圣人，但他有太多事情要做了。

自从他退隐到楼上的房间后，再也没有人敢跟他说话。他需要很长一段时间，也许是几个月，来重拾自己的身体，理顺自己的过去，改变近些年周围人对他的恶劣看法，一丝不苟地安排好自己的后事，并在他的大本子上记录下一切：他的私人日记、他的秘密——也许只有一个也是唯一的秘密——以及一份叙述的草稿，而密钥只在他手里。

家人对他的隐居并没有感到过度惊讶。他们已经习惯于看他陷入沉寂或者突然暴怒，尤其是爆发无理的愤怒。他和家里其他人之间有一种说不清道不明的东西。他这样子又一定是有原因的，但只有他自己知道。他早已认定，他是自己世界的主宰，而且这个世界比他母亲和姐姐们的要优越得多，至少是截然不同的。他甚至认为她们并没有自己的世界。毕竟她们只是活在事物的表象便已知足，活着便罢，并没有太多的要求，女人们不过顺从于他的权威、法则、服从于他的意志。她们彼此之间没有真正谈论过这个问题，难道她们不认为他退居一隅是他不得已而为之吗？毕竟他再也无法控制自己的身体、动作和他因面部痉挛而变了相的脸。一段时间以来，他不再是专制男人那般的做派，他，无可争议的一家之主，接手了父亲的权势并管理家庭生活方方面面。

他的背已经微微弯曲，双肩颓然垮下；变得又窄又软，不再能够承受他人充满爱意的脑袋搭靠上来，抑或朋友搭上肩头的手。他感觉背的上半部被莫名的重负压着，走着走着想要直起身子，想要翻个身。他拖着脚步，撑起身体，体内在不断对抗那些抽搐，让他没有任何喘息的机会。

情况却突然恶化了，尽管没有任何预兆。失眠对他而言已是夜里普普通通而微不足道的不适了，如此频繁，难以控制。但是，自从他和身体之间出现割裂后，一种两者断裂开来的隔阂，他的脸苍老了，他的步态仿似残疾人。对他来说，他唯一能做的就是在完全孤独中寻求避难所。这使他得以回顾过去的一切，为他最终离开、前往至高无上的无声之地做好准备。

他知道自己不会死于心脏病，也不会死于脑部或肠道出血。只是某种忧伤，一只笨拙的手把深深的忧伤压在他身上，这忧伤或许会在他的睡梦中终结掉一段不同寻常的生命，这是经历了悠悠岁月和无尽考验后不再甘于落回平凡日常的一段生命。他的死将与他的一生相提并论，只是有所不同的是，他将烧掉他的面具，他将赤身裸体，绝对赤裸，连裹尸布也没有，就裸露在大地上，这片土地将渐渐腐蚀他的四肢，直到他最终回归到自我的本质，回归到他永恒承受的真相之中去。

隐居后的第三十天，他开始看到死神入侵他的房间。他有时会去触摸它，或者用手挡住，好像在告诉它，它来得有点早了呢，他还有些紧急事务要处理。夜里，死神幻化成一只四处游荡的弱小蜘蛛，疲惫但仍强健有力。这番想象使他的身体变得僵硬。然后，他想象中有一双强劲的手（也许是金属的）从上方伸来，抓住这只可怕的蜘蛛；不留给蜘蛛一丝空间或时间来织网。黎明时分，蜘蛛消逝不见了。周围冷冷清清，他独自一人坐着重读昨晚写下的那几页日记。睡意随着清晨袭来。他曾听过一位埃及诗人这样为自己写日记的习惯辩护道："无论从多远的地方回来，我们都只是回到了自己。有时，写日记是必要的，因为这样可以证明我们已经不再是过去的自己、不再是曾经的样子。"男人的目的也正是如此：说出他已不再是谁了。

他又是谁?

在一阵掺杂了尴尬和期待的静默之后,这个问题紧随而来。说书人盘腿坐在垫子上,从包里拿出一个大笔记本,展示给听众。

秘密就在这里,就在纸页中,由音节和图像编织而成。他在临终前把笔记本交托给我,让我发誓在他归真后四十天之内绝不打开它,四十天是绝对意义上归真,四十天对我们来说是哀悼期,对他来说是步入黑暗无光的地下旅程。于是我在他辞世后的第四十一天晚上打开了它。我仿佛被天堂的香气淹没了,这香气如此浓烈,我几乎要窒息了。我翻阅着读了第一句话,什么也没懂;又读了第二段,什么也没明白;我读完整整第一页,豁然开朗。惊讶的泪水顺着我的脸颊流了下来,我的手满是汗,我的血仿佛回旋倒流。于是我知道了,我所持有的是一稀世珍本,一本秘密之书,跨越了作者短暂而波澜的一生,写于一个个备受折磨的漫漫长夜,被厚重的石头掩埋,因受到天使的保护而免受诅咒。我的朋友们啊,这本书不能流传于世或是赠予他手,不能给那些毫无准备的灵魂翻阅。这本书散发出的光芒,会使不经意翻览的人目眩、失明。我读过这本书,我从中读出了睿智。如果不跨越我深思的夜晚和身体,你们是无法抵达的。我就是那本书,我已成为这秘密之书了;我倾尽了一生去读它。终于,经历了几个月的不眠不休,我感觉这本书和我融为一体,因为这就是在诉说我的命运。给你们讲述其中的故事,我甚至都不用翻开这本书,首先是因为书中所述的一个个阶段我早已烂熟于心,其次是出于谨慎。噢,善良的人们啊,过不了多久,白昼将变成黑夜;我要独自与书为伍,而你们将独自面对不耐烦。别再流露出那焦躁的目光了,耐心点;和我一起探索阿里巴巴的山洞吧,学着去等待,当然不是等待我的话语(它们是空洞无意的),而是等待那歌声,那将从大海上缓缓升起的歌声,引领你们踏上探寻本书之路,聆听时间和它所打破的事物。你们还要知道这本书:有七扇门嵌在一面巨大的墙上,这墙至少有两米宽,有三个修长强劲的男人那般高。在你们的探索之旅中,我将一把接着一把给你们开启大门的钥匙。事实是,你们拥有钥匙,只是不自知;而即使你们知道自己有,也不知道如何转动它们,更不知道要把它们埋在哪块墓碑之下。

　　现在你们知道的够多了。你们最好在天空发光生辉之前离开我们。如果秘密之书没有要弃你们而去,请你们明天再来吧。

　　男男女女默默站起来,彼此不说话,默默消散在广场的人群中。说书人折好羊皮,把他的笔和墨盒放进小袋子里。至于笔记本,他用一块黑丝布小心翼翼地包好,然后放回包里。临走前,一个男孩给了他一块黑面包和一个信封。

　　他迈着缓慢的步伐离开了广场,消失在黄昏的第一道曙光中。

2 星期四之门

善良的朋友们，你们要知道，我们是因为这语言的秘密而聚集在一条环形街道上，也可能是在一艘船上，在一段我不知道何去何从的旅途上。这个故事有几分晦涩，却充满意象；它应该通向一束光，一束柔和的微光；当我们就要迎来黎明时，我们将得以解脱，我们会一夜老去，一个漫长而沉重的夜晚，仿佛半个世纪，还有几页白纸散落在汉白玉装饰的庭院里，是我们回忆之宅。你们中的一些人将会禁不住诱惑想住到这个新家里，或至少在其中占据一小处，至于多大得看你们的身型。我知道，遗忘对人的诱惑很大：就像是一股圣洁之泉，人们无论如何都绝不能靠近，哪怕强忍着口干舌燥也不能。因为这个故事也像一片沙漠一样，我们将不得不赤脚走在灼热的沙地上，步履维艰、缄默无言，深信绿洲会浮现在地平线上并不断向天空的方向延伸，继续前行而不要转身，这样就不会被晕眩感击退。我们一步步开辟了前进的路，将步伐落在了身后。我们的步伐没有留下任何痕迹，只有空洞、不幸、虚无。但我们一直向前看，相信脚步会带领我们走到我们所信任的故事尽头。你们现在就可以知道，不论怀疑还是讽刺都不会出现在这故事的旅途中。一旦抵达第七扇门，我们就可能成为真正的善人。这是一次冒险还是一次考验？我想，或许两者兼有吧。和我一起进发的人儿啊，请举起你们的右手，以示忠诚之约。其他的人可以去听别的故事了，去别的说书人那儿罢了。我这个人，不会仅仅为了打发时间才讲故事，奈何这些故事涌上我心头，萦回在我心中，改变着我。我需要把它们从我的身体里释放出来，解放我那超负荷的大脑，迎接新的故事。我需要你们，我把你们和我的事业捆绑起来。我把你们背在身上，送上船。而后停留的每一站都将留给静默与沉思。我们不做祈祷，而是抱以无穷的信念。

今天我们要通往第一扇门，即星期四之门。为什么要从这扇门开启我们的旅途，为什么人们给它如此命名？星期四是一个礼拜的第五天，是交易的日子。据说这一天是市集之日，山民和平原地的农民纷纷来到城里，在城门脚下摆摊，售卖一周的农作物。这说法也许是真的，但我更想说这是个巧合、是个偶然。可谁管它呢！远远就看到这扇大门，气势磅礴，漂亮极了。门上的木刻由五十五位工匠一同雕刻完成，你们可以在那看到五百多个不同的图案。也正因如此，这扇厚重而美丽的大门在书中占据了入口这样显要的位置。既是入口又是终点；既是开端又是诞生。我们的主人公就在一个星期四的早晨诞生了。他比预计晚到了几天，母亲早在星期一就做好准备迎接这新生命了，但她成功地把肚子里的孩子憋到了周四，因为她知道一周中只有这一天才会迎来男婴。至于这个新生命，我们就叫他艾哈迈德（男用名）吧，这是一个非常普通而常见的名字。你们在说什么？说应该叫他赫迈斯吗？不，叫什么名字并不重要。好吧，我继续说：艾哈迈德出生在一个阳光明媚的日子。他的父亲声称那天早上天空本是乌云密布、阴沉沉的，是艾哈迈德给天空带来了光明。承认吧！大家是在漫长的等待后才迎来这男婴的出生。这位父亲实在是晦气；他坚信有一个古老而沉重的诅咒压着他的命运：压迫在七个孩子的出生上，七个女儿的诞生。可怜他的房子被十个女人占据着，七个女儿、她们的母亲、艾莎姨妈和老女仆玛莉卡。随着时间推移，诅咒愈演愈烈，酿成不幸。对父亲而言，生出一个女儿就足够了，七个，实在是太多了，甚至是可悲可戚了。他多少次回想起在没有伊斯兰教之前阿拉伯人活埋女儿的那段历史！他无法摆脱自己的七个女儿，却也无法仇恨她们，只是冷眼相待罢了。父亲在家里住着就像自己根本没有孩子一样，反而想方设法忘却她们，将她们赶出视线。比如，他从未给女儿们起过名字，只是任由母亲和姨妈照看她们，自己则与女儿们隔绝开来。有时，他还会默默哭泣，说自己满脸无光，被诅咒附身，不过是一个不能生育的丈夫或者说就和单身汉没有两样。自己的手曾在任何一个女儿的脸上抚过吗？他不记得了，他和她们之间仿佛早就隔上了一堵厚厚的墙。他感到既无依无靠又失落无奈，再也无法忍受他两个兄弟的嘲弄，那两个人在他每次迎接新生命时都带着这样的礼物来拜访，一个人带男士长袍[1]，另一个人则带耳环，微笑里映着嘲讽，仿佛他们又赢了一场赌局，又仿佛他们正是这诅咒的操纵者。兄弟二人在大庭广众之下幸灾乐祸，盘算着这可怜的男人过世后的遗产分配。噢，我的朋友

---

1. 东方男子穿的皮里长袍。

们，我的同伴们啊，你们不会不知道，我们的宗教对无子嗣即没有继承人的男人是多么无情；剥夺他的财产权，甚至是为了让他的兄弟从中得利。至于自己的女儿们，只能分到三分之一的遗产罢了。因此，两兄弟静等着兄长去世好瓜分大部分的财产。愠恨之意使他们之间有了隔阂，长兄的他曾想尽一切办法意欲扭转命运的法则。他曾跑遍全国各地，咨询形形色色的医生、法学家、江湖术士还有民俗医士（土医郎）。甚至带着妻子到一位有巫术的隐士墓里住了七天七夜，只啃干面包和水；妻子把骆驼尿洒在身上，接着把十七支香的灰烬投入大海；女人随身带着从麦加[1]求来的护身符和经书；曾吞下从印度和也门进口的稀有草药，也喝过老巫婆准备的又咸又苦的药剂。各种尝试让她一次次发烧、恶心、头痛难耐，她的身体日益衰退，满脸皱纹，消瘦憔悴，常常失去知觉。她的生活已成了地狱，可丈夫还总是心怀不满，因家中无子嗣而自尊心崩溃、荣誉感尽失，斥责她，把他们的这些不幸都归咎于她身上。有一天他打了她，因为这女人面对最后一个可能的机会却拒绝尝试：让死人的手自上而下摸她赤裸的腹部，再把这手当作勺子来吃库斯库斯[2]。最终，她还是妥协了。不用说，我的同伴们，这可怜的女人晕了过去，整个身子重重地倒在了死者冰冷的身上。当时他们选择了一个贫穷的家庭，邻居刚刚失去了祖父，

---

1. 麦加城因为是伊斯兰教创始人穆罕默德诞生地而被选为圣地。
2. 北非摩洛哥、突尼斯一带以及意大利南部撒丁岛、西西里岛等地的一种特产，它是用杜兰小麦制成的外形有点儿类似小米的食物。

一个又失明的又没有牙齿的老人。为了感谢他们，丈夫给了他们一小笔钱。妻子已经准备好做出任何牺牲了，对每次怀孕都抱有很大的期望。但随着每一次婴孩的出生，所有的喜悦期盼都瞬间消失。她也开始对女儿们不再抱有兴趣，怨恨她们的存在，也恨自己，一次次捶打肚子以此惩罚自己。丈夫每次都会在女巫选定的圣夜与她同房，但都没有用，他们只不过迎来一个又一个女儿，直到对自己的身体生发厌恶，直到跌入生活黑暗的深渊。正如你们可能猜到的那样，每一次的分娩都只是伴随着愤怒的哭喊和无助的泪水，每一次洗礼都是一个沉寂而冷漠的例行仪式，都不过是在这个历经七次不幸打击的家庭中履行哀悼的一种方式罢了。男人没有拿一头公牛或至少一头牛犊放血洗净，而是买了一只瘦小的山羊，以最快的速度把血洒向麦加的方向，嘴里碎碎念着某个没有人能够听清的名字，然后他便消失了，直到流浪了几天后才回到家。这七次洗礼或多或少都被搞砸了，但为了这第八次能够如愿以偿，他花了好几个月的时间把每一个细节都准备妥当。他不再相信民俗医士（土医郎）了，医生让他参考天上的迹象，女巫剥削利用他，法学家和隐士[1]保持沉默。就在那一刻，当所有的门都关上时，他决定给自己的命运做个了结。他做了一个梦：屋里的一切都适得其所；他正躺着，死神向他逼近，这死神有着一张少年般优雅绝美的面孔。向他弯下腰来，在他的额头上吻了一下。少年

---

1. 在马格里布沙漠地区，以读经、传教度日的伊斯兰教隐士。

美得惊心动魄，面孔变化不定，有时是刚刚出现的那名少年的脸，有时是一个轻柔又虚幻的少女之脸。他不再知道是谁在吻他，但唯一可以肯定的是，死神确是在向他俯身，尽管用青春和生命做了伪装。早晨，他忘记了死亡的念头，只犹记那个少年的形象。他没有把这件事告诉任何人，就让这个会打乱他和整个家庭的想法在他心里慢慢酝酿吧。他很高兴能有这个想法。什么想法？你们会知道的。好吧，如果可以的话，我要告退休息了；至于你们，你们只能到明天才能知道这几近绝望和崩溃的男人在我们小主人公诞生的几周前想到的绝妙点子。我亲爱的朋友们和伙伴们啊，明天带着面包和枣子来吧。这将是漫长的一天，我们将不得不穿过一些非常狭窄的小巷。

如你们所见，我们的旅行队在通往第一扇门的路上前进了一点。我看到每个人都带了旅途的干粮。昨晚，我睡不着觉，一直被鬼魂纠缠折磨。我便出去走走，却只在街上遇到醉汉和土匪。他们想抢劫我，但搜刮了半天什么也没找到。黎明时分，我回到了家，一觉睡到中午，这就是为什么我迟到的原因。而我看出了你们的担心，你们不知道我要把你们带去哪里。别担心，我也不知道会去哪。我在你们脸上读出的这种不甘的好奇心有朝一日能平息下来吗？既然你们选择了听我讲述，就跟着我走到最后吧……什么的最后？环形街道并没有尽头！

男人的想法很简单，却很难实现，要倾尽他所有的力量：即将出生的会是一个男孩，即使他确是个女孩！这就是他的决定，是他不可动摇的决心，无可挽回的决策。一天晚上，他叫来怀孕的妻子，把自己和她关在露台上的房间，用坚定而庄严的语气对她说："到目前为止，我们的生活只不过是愚蠢的等待，是嘴上说说的挑战命运。我们的'不走运'，请允许我用这个词来避免'灾祸'的说法，毕竟这不是我们能决定的。你是一个好女人，一个顺从、听话的妻子，但在你生出第七个女儿之后，我意识到你的身体有缺陷；你的肚子怀不上男孩；它只能这样永远都生女孩。而你对此无能为力。这一定是一种畸形，是一种迎接子嗣的无能，这种缺陷每次在你一有可能怀上男孩时就会自然而然、不知不觉地体现出来。我不怪你，我是个好男人，我不会休了你，也不会娶第二个妻子。我也为这病态的肚子奋力，想医治它，想成为改变它逻辑和惯性的人。我向这残疾的腹部宣战：它得给我一个男孩。我的荣誉终将复现；我的骄傲将显现于众；我将满面红光，终于将是一个男人的面庞，一个可以平静地死去的父亲，以免他猛禽般贪婪的兄弟不仅掠夺他的财富也让你陷入困境。我一直对你很有耐心，为了打破这种只生女孩的僵局，我们跑遍了全国各地。即使我很恼怒，也忍住没有对你暴力相待。当然，你可以责怪我没有温柔地对待你的女儿们，她们是你生的。我给了她们我的姓，但我不能给她们父爱，因为我从未想要过这些女孩。她们都是误打误撞、被误生出来的，而不像这个饱受期待的男婴。

你可以明白为什么我最后连看都不看一眼，也不关心她们。女孩们和你一起长大，她们知道自己没有父亲吗？或者说，她们的父亲只是一个受伤的、极度受挫的鬼魂幽灵吗？她们的出生对我来说是一种哀伤。所以我决定第八个婴孩的出生将是一场盛宴，一场最盛大的仪式，持续七天七夜的欢庆。你将成为母亲，一位真正意义上的母亲，你将成为公主，因为你将生下一名男婴。将要生下的孩子会是男性，他将是一个男人，即使他确是个女孩，他的名字将是艾哈迈德！我已经安排好了一切，一切都准备就绪。我们会把老接生婆拉拉·拉齐娅请来；她只能再活个一两年罢了，不管怎样，我会给她足够的钱让她咬死这个秘密。我已经找她谈过了，她甚至告诉我其实她早就这么想过，我们很快便达成了一致。当然，至于你呢，将是这个秘密的源头和坟墓。你的幸福，甚至你的生命都将取决于它。这个孩子将凭借男身受到欢迎款待，他的存在将照亮这幢沉闷的房子，他将依照男性的传统被抚养长大，当然，在我死后他将统治和保护你们。拉拉·拉齐娅年事已高，她很快就会离开我们，那么以后这个秘密就只有你知道了，因为我比你大二十岁，无论如何我都会在你之前离开。艾哈迈德将独自统治这个妇女之家。我们要签订保密协议：把你的右手给我；让我们十指交叉，把这两只手合在一起放到嘴边，然后放到我们的额头上。接下来，让我们发誓，誓死也会保守秘密。现在让我们净手吧，我们将进行祈祷，并对着翻开的《古兰经》宣誓。"

于是，协议达成了。妻子只能默许，她像往常一样服从她的丈夫，但这一次她感到自己在与丈夫参与共同的行动。她最终成了丈夫的同谋，她的生活将变得有意义；她登上了那艘谜一样的船，将在遥远而未知的海洋上航行。

伟大的日子，男婴降生的那一天就要到来了。女人抱着一点希望：也许命运最终会给她带来真正的欢乐，会让那些阴谋诡计不必发生。唉！命运一贯如此、顽固不化，拉拉·拉齐娅星期一就到家了。她为这次分娩精心准备，知道这次很特殊，也许是她漫长接生经历的最后一次了。家里的女孩们不明白为什么每个人都这么激动，怎么都大惊小怪的。拉齐娅告诉她们，母亲腹中的是个即将出生的男孩。她说，她的直觉从未背叛过她，这些都是无法用理智控制的事情；从这个孩子在母亲子宫里的活动方式来看，她觉得只可能是个男孩，他用男婴特有的粗暴方式踢人！女孩们感到迷惑不解，或许这样的出生会改变这个家庭的一切。她们面面相觑，一句话也没说。不管怎么样，她们的生活也没有什么令人兴奋的地方。也许以后会有个弟弟爱戴她们！左邻右舍、亲朋好友间都已经传开了：哈吉·艾哈迈德就要喜迎男婴了……

现在，我的朋友们，时间将会过得很快，剥夺走我们的权利。我们不再是旁观者；我们也被卷入了这个故事，这个有可能将我们所有人埋葬在同一片墓地的故事。因为上天的旨意，神的旨意，都必将被谎言点燃。一条小溪将被改道，经过拓宽成为河流,它将淹没宁静的家园。我们将驻在梦境边缘的这片墓地,在这儿,人们用凶残的双手挖掘出死者,以此交易一种助人遗忘的稀有神草。噢,我的朋友们啊!这突如其来的光芒让我们眼花缭乱,心生狐疑;它宣示着黑暗的来临。

举起你们的右手,跟着我说:欢迎,噢,自远方而来的人啊,错误的面孔,虚假的无辜,阴郁的双重,噢,你,经历漫长等待、期盼已久终于等到的人儿啊,你被召来颠覆命运,你带来快乐而非幸福,你在沙漠中搭起帐篷,但它成了风的居所,你是灰烬之都,你的生命将很漫长,要经历烈火和耐心的考验。欢迎!噢,你啊,是白昼亦是太阳!你会憎恨邪恶,但谁又知道你是否会行善呢……欢迎……欢迎!

于是我告诉你们……

周三晚上,全家人都被召集到哈吉的家中团聚。艾莎姨妈东奔西跑,像疯了一样。两位兄弟带着妻孩来了,他们忧心忡忡,急不可耐。远近的表亲也都收到了邀请。拉齐娅将自己与哈吉的妻子关在一起,没有人有权打扰她。黑人妇女们在厨房里准备晚餐。接近午夜时分,人们听到了呻吟声:这是第一次阵痛。老妇人们呼唤着先知穆罕默德;哈吉在街上来回踱步;他的兄弟们正召开着"军事会议",在客厅的一个角落轻声交谈;孩子们在之前就餐的地方睡觉。寂静的夜晚被痛苦的喊叫声打破,拉齐娅什么也没有说,她热了几盆水,并铺开襁褓。除了哈吉、接生婆和男人的两兄弟,所有人都在睡觉。黎明时分，人们听到了祈祷召唤，有几个人像梦游一样起身祈祷。那女人此时开始尖叫。天亮了，房子里的一切都非常混乱。黑人厨娘简单整理了一下，准备了早餐汤、诞生和洗礼之汤。兄弟俩不得不去工作。孩子们以为是在度假，就留下来在房子的入口处玩耍。上午十点左右，在这个历史性的星期四早晨，所有人都聚集在产房后面，拉拉·拉齐娅拉开门，兴奋地大声叫喊，欢呼声伴随着尖叫声，然后重复着说着，直到她喘不过气来：是个男的，男的，是个男的……（西班牙语）哈吉像个王子一样来到人群中间，孩子们亲吻着他的手，女人们用尖声的"哟哟——"来迎接他，还夹杂着赞美和祈祷："愿神保佑他……太阳降临了……这是黑暗的尽头罢。神是伟大的……神与你同在……"

他走进房间，锁上门，要求拉齐娅脱去婴儿的襁褓。很明显，这是个女孩。妻子不禁戴着面纱哭起来。男人左手抱着婴儿，右手猛地拉下面纱，对妻子说："为什么要流眼泪？我希望你是喜极而泣！看，仔细看啊，这是个男孩！你再也不用遮掩你的脸了。你一定很自豪……结婚十五年后，你就在刚刚给我生了个孩子，生了个男孩，他是我的第一个孩子，你看看他多漂亮，摸摸他的小睾丸，摸摸他的小弟弟，他已经是个男人了！"然后，他转向接生婆，让她照看这个孩子，不要让任何人接近或触摸他。他走出房间，脸上挂着灿烂的笑容……此刻他五十岁了，却像个年轻男子一样轻盈。他已经忘记了（又或许他假装忘记了）全部都是他安排好了的一切罢了。他看到的确确实实是一个女孩,但他坚信那是个男婴。

噢,我的同伴们啊,我们的故事才刚刚开始,头晕目眩的文字已刮伤我的皮肤,风干我的舌头。我的唾液已竭尽,骨头疲惫不堪。我们都是自己的疯狂的受害者,葬送进不可名状的欲望深渊中。让我们小心召唤天使,小心它那迷惑人的身影,拥有两重面孔,寄居我们的突发奇想。日之面孔泰然自若,月之脸庞凶残致命。天使从一张面孔摇摆变向另一张,一切都取决于我们在一条隐形之线上跳起的生命之舞。

噢,我的朋友们,我就要沿着这条隐线离开了。如果明天你们没有看到我,要知道天使已经飘荡到死亡之崖边。

3 星期五之门

几天来，我们被同一个故事的丝线编织在一起。从我到你们，从你们中的每一个人到我，线就这样来回穿梭。这些线尚且脆弱易断，但又把我们联结在一起，缔结在同一份契约中。让我们把第一道门留在身后吧，一只无形的手会再次将它关上。周五之门是聚集之门，身体得以休息、灵魂得以沉静，来庆祝这一天吧。打开这扇门，呈现在眼前的是一个喜庆的家庭，一片温和的天空，一块肥沃的土地，一位得以重拾荣誉的男人，一个终于被承认作为母亲的女人。这扇门只会让幸福通过，这是它的功能，或者至少是它的名望所在。我们每个人都看到这扇门为他们的夜晚开启过，甚至短暂地照亮了他们。这扇门不属于任何一堵墙壁，它是唯一一扇与命运同步运转、一齐向前迈进的大门。它就这样一直前行，只有当遇到那些不喜自己命运的人才停下来，否则它又能有什么用呢？拉拉·拉齐娅就是从这扇门进来的。

洗礼的盛宴隆重盛大。家里宰了一头牛，以给婴孩取名：穆罕默德·艾哈迈德，他是哈吉·艾哈迈德的儿子。这座城市的大法学家和穆夫提[1]以及客人依次祈祷，一盘盘食物也都分发给了穷人。这一天漫长而美好，将永远令人难忘。的确，即使到了今天，城里的所有人都还记得那天。人们谈及于此就提到那头力量惊人的牛，即使断了头还在院子里横冲直撞，二十张小矮桌上都摆着整羊，还有著名的管弦乐队穆雷·艾哈迈德·卢奇利演奏的安达卢西亚音乐……庆典活动持续了好几天。人们只许远远地看那婴儿，没有人可以碰他，只有拉拉·拉齐娅和这婴孩的母亲负责照顾他。家里的七个女孩都被拦在了外面。父亲告诉她们，从现在开始，她们要像尊重他这位老父亲一样尊重弟弟艾哈迈德。女孩们纷纷垂下眼帘低头看了看，什么也没说。至于这位父亲，很少有人会如此高兴，以至于想要和所有人分享他的喜悦，他买下了全国性大报的半个版面，刊登了婴孩的照片，并附以如下文字：

神是仁慈的

他刚刚照亮了您的仆人兼忠实的陶工哈吉·艾哈迈德·苏莱曼的生活和家庭。一个男孩——愿神佑护他并赐予他长寿——降生了，在星期四上午10点。我们给他取名为穆罕默德·艾哈迈德。他的诞生将给土地带来丰饶，将为国家带来和平与繁荣。艾哈迈德万岁！摩洛哥万岁！

报纸上的这一公告引起了议论纷纷。人们不习惯如此公开地展示自己的私人生活，哈吉·艾哈迈德却并不在意。对他来说，重要的是让尽可能多的人知道这个消息。出生公告的最后一句话也被闹得沸沸扬扬。法国警方不喜欢"摩洛哥万岁"这种说法，民族主义积极分子不知道这位富有的工匠同样还是一

---

1. 阿拉伯语音译，意为"教法解说人"。

位优秀的爱国主义人士。

这一公告的政治意味很快就被人遗忘了,但哪怕过了很长一段时间,整座城市都还记得艾哈迈德出生这件事。

整整一年,屋子里充满着欢声笑语、喜庆洋洋。大大小小每一件事都是请来管弦乐队、唱歌跳舞的缘由,比如庆祝这小王子第一次牙牙学语,第一次蹒跚学步。理发仪式持续了两天,人们剪掉了艾哈迈德的头发,为他涂上眼影。在给他穿上白色长袍又戴上红色头巾后,人们让他坐在一匹木马上。母亲随即带他拜访城里的圣人,背上他,绕着墓转了七圈,祈求神使艾哈迈德免受邪恶之眼[1]、疾病和好奇者的嫉妒。这婴孩在女人堆中哭泣着,这群女人推推搡搡、争先恐后地用手触摸那盖在坟墓上的黑色斗篷。

这孩子几乎是在狂欢的日常中长大的。日子一天天过去,父亲考虑着割礼这场考验。他该如何继续这出戏呢?该怎样才能割掉纯臆想出来的包皮呢?该怎样做才能不那么隆重地庆祝这孩子步入男人的阶段?噢,我的朋友们,他这个疯狂的人可是会做出连魔鬼都不知道的蠢事!他思考着如何才能绕开这个难题,怎么样使他的计划更令人信服?当然,你们可能会说,他可以让另一个孩子替他儿子接受割礼。但这样是有风险的;这种事迟早会被

---

[1] 邪恶之眼:恶毒的一瞥就能够造成不幸、疾病甚至死亡。关于邪恶之眼的书面记载,可以追溯到公元前3000年左右。在两河流域的古巴比伦、古苏美尔以及古亚述文化中都有提到邪恶之眼的威力。这个概念在《旧约》中出现了几次,也存在于伊斯兰教的圣训中。

曝光的！想象一下，他把儿子交给包皮切割师，孩子的双腿被扯开，确实切了某些东西，鲜血喷涌，溅到了孩子的大腿还有切割师的脸上。孩子甚至哭嚎起来，全家人都涌过来向他送上礼物。几乎没有人注意到父亲的右手食指缠着绷带，他掩饰得很好，谁也不会想到，溅出的血竟会是他手指的。要说哈吉·艾哈迈德是一个强大而又坚决的人，那一点也不为过。

而这家里又有谁敢与他对峙呢？即使是他的两个兄弟也绝不例外。再说，无论如何怀疑，他们都不敢就这孩子性别问题开任何玩笑或影射暗示。一切都遵循父亲的计划和希望进行着。艾哈迈德顺着这对夫妇之意成长，他们亲自负责他的教育。庆祝结束了，是时候该把这个孩子培养成男人，一位真正意义的男人了。理发师每个月都定期来给他理发，和当地其他男孩一样，他去一所私立的古兰经学校就读，他很少玩耍，也很少在回家的街上闲逛。他和所有同龄孩子一样，随母亲去公共浴池洗摩尔浴[1]。

要知道当我们都还是孩童时，这个地方给我们所有人都留下了多么深刻的印象。而我们都仿佛什么也没发生一般从其中走出来了……至少表面上是这样。可对艾哈迈德来说，这不是一记创伤，而是一项奇怪陌生而又沉重苦涩的发现。我知道这事是因为他在笔记本上谈到了这一点。请允许我打开它给你们读一读，他在温热迷雾萦绕的浴室入口所写的。

---

1. 摩尔浴即土耳其浴，源自土耳其地区的洗浴方式，主要在公共浴场进行，是蒸汽浴的一种。

"母亲把橙子、煮熟的鸡蛋和用柠檬汁腌制的红橄榄放在小篮子里。她头上裹着包头巾,以保护前一天抹在头发上的海娜[1]不褪色。而我,我的头发就没有染料。当我想染上些许时,母亲禁令道:'那是女孩子用的!'我沉默地跟着她去了土耳其浴室。我知道我们得在那里度过整个下午,我会感到很无聊,可我别无选择。老实说,我更愿意和父亲一起去洗澡。他动作很快,我不用忍受没完没了的程序仪式。可对母亲来说,去浴室就是一个走出去,结识其他女人,边洗边聊天的契机。而我,我无聊透顶,胃在抽筋,被周围浓厚、潮湿的蒸汽笼罩得快要窒息了。母亲忘记了我的存在,安放好她的热水桶,和隔壁的女人们聊着天,所有人同时七嘴八舌地一起说话。说什么并不重要,唠着嗑这就够了。她们觉得自己仿佛在客厅里一样,在这儿,聊天对健康是极其重要的。话术短语从各个角落飞迸出来,由于封闭的房间里一片漆黑,她们说的话仿佛被蒸汽挡住了一样,一直悬停在她们头上。我看到单词缓缓升起,啃噬着潮湿的天花板。在那里,它们就像缕缕云雾,一触到石头就融化了,滴落在我的脸上。我如此自娱自乐;任由文字肆意包裹住我,顺着我的身体淌下来,却总是从我的三角裤上一流而过,于是我的下腹部就接触不到这些变成水的话语。我几乎听得一清二楚,紧随

---

[1] 中文译名海娜,指甲花,又名散沫花,自古以来,女性将它用于纹身、彩绘、染指甲、染手掌心及头发等的染色。

短语开辟的路径，它们在抵达水蒸气上层后混合在一起，然后变成奇怪的、常常是有趣逗笑的言论。无论如何，我自娱自乐很是开心。天花板就像一幅画、一块写字板。并非所有画中描述的东西都能让人看懂。但是，既然必须打发时间，那就由我来解开这些线索，找寻出可以理解的内容吧。有一些词经常比其他词语更快地掉落下来，比如：夜晚、背部、乳房、拇指……一念出来，我就像是遭了当头一棒，不知道该如何处理它们。无论如何，我把它们放在一边，等着其他文字图像来丰富它们的内涵。奇怪的是，这些落在我身上的水滴竟是咸的。于是我想到，这些文字包含了生活的意韵和风味。对所有这些女人来说，生活都相当有限，实在没什么东西可言：做饭、家务、等待，每周去土耳其浴室休息一趟罢了。我暗自庆幸自己不是这狭小局促宇宙的一部分。我同文字戏耍，有时脑子里想到一些句子，诸如此类：'夜晚，在阳光洒在脊背上的走廊里，男人我的男人的拇指通往天堂之门笑着……'然后突然间又是一句有意义的话：'水太烫了……''给我一点你的凉水……'这些句子来不及被水汽托到高处，是以平淡而急促的语调说出来的；不算闲聊。事实上，它们一溜烟就没影了。可我一点也不介意，毕竟面对这些空洞无力、无力升华、无法让我做梦的句子，我能做些什么呢？一些罕见的词会因为被压低声音说出来而让我着迷，比如：mani、qlaoui、taboun……后来我才知道，这些都是关于性的词，女人们是不能说的：精液……睾丸……阴道……这些词就悬在水汽中而不会掉下来，它们就该粘在天花板的石顶上，用它们肮脏的颜色、或浑白或褐色浸染着天花板。有一次，两个女人曾在这里为了一桶水发生争执，她们互相辱骂，常常得大声说出这些词。隐晦之词像雨点一般落下，我兴高采烈地把它们拾起来，偷偷地藏入我的内裤！我很尴尬，有时我会担心父亲要给我洗澡，毕竟他喜欢时不时这样做。我不能一直把这些词带在身上，因为它们让我感到痒痒的。当我的母亲为我擦拭身体时，她惊讶地发现我是如此肮脏。而我无法向她解释，流淌的肥皂水带走了今天下午听到和收集到的所有话语。当我洗干净后，我觉得自己赤裸裸的，仿佛被剥去了保暖的破布。之后，我一直像个魔鬼一样在各色各样女人们的大腿间穿梭游荡。我害怕滑倒，害怕摔跤，紧紧抓住这些张开的大腿，瞥见那些肉乎乎、毛茸茸的肚子。这玩意儿并不好看，甚至让人觉得恶心。晚上，我很快就睡着了，因为我知道我将迎来期待已久的那些身影，手持鞭子，我不愿意承认看到她们是如此又矮又肥。我抽打她们，因为我知道我永远不会像她们那样；我也不能像他们一样……我无法忍受这种堕落。我常常在夜晚躲起来，对着袖珍镜子观察自己的下腹：一点也没有堕落的迹象；那儿的皮肤白净，摸起来很柔软，没有褶皱也没有皱纹。那时候，母亲经常检查我的身体，她和我一样也什么都没看出来！但对我的胸部很是担忧，她用白色亚麻布裹住我的乳房；用细布条紧紧地勒住使我几乎都无法呼吸。遏制胸部的发育是绝对必要的。我什么都没有说，任由她这样摆布。这样的命运好在独特又危机四伏，我喜欢这样。时不时，会有些外部迹象使我确信我在按部就班地前行。比如有一天，浴室看守拒绝我入内，因为她觉得我不再是一个无辜无知的小男孩，而已是一位小小的男人了，哪怕我只是单单出现在浴室里，也足以打乱正派女人佯装下那宁静的德行和隐匿的欲望！母亲只是象征性地抗议了一下，内心深处却无比高兴。晚上，她跟父亲说了这件事，父亲决定从现在开始由他带我去浴室。我在一旁高兴地欢呼雀跃，十分好奇、期待着闯入男人的迷雾世界。男人们话很少；任由自己被水汽包裹着，很快就洗完了，如同例行工作一般。他们匆匆洗完澡，退到一个黑暗的角落刮下体毛，然后就离开了。而我则晃晃悠悠，破译那些湿漉漉的石头。石头上什么都没有。寂静被打破了，或是被水桶掉落之声或是被享受按摩的呻吟声打破。这可绝不是幻想出来的！男人们相当神秘，急着结束。后来我才了解到，在这些阴暗的角落里发生着很多事情，按摩师不仅仅按摩，在这片昏暗中还有许多会面和秘密聚会，如此的寂静令人生疑！我陪着父亲去了他的工作室，他向我解释业务如何开展，把我介绍给他的员工还有客户们，告诉他们未来由我接管。我没怎么说话，胸前的布条一直紧紧地勒住我。我去了清真寺。我很喜欢呆在这个只允许男人进入的大房子里。我不断地祷告，经常自己骗自己。自娱自乐着。集体诵读《古兰经》让我头晕目眩。我想脱离集体，随便念念。破坏这种热诚使我感到十分愉快。我冷淡地对待神圣的经文。父亲并没有在意。对他来说，重要的不过是我的存在，我出现在所有这些男人面前。那正是我学会做梦的地方。这次，我看着经过雕刻的天花板，上面的句子都是工工整整的书法体，它们没有落在我的脸上。是我攀上去的。我借助诵读《古兰经》的歌声攀上了柱子，经文快速地把我推往高处。我坐在吊灯里，观察着移动的阿拉伯字母，它们先是被刻在石膏上，后又刻在木头上。随即我便乘上一段美丽的经文离开了：

" ان ينصركم الله فلا غالب لكم "

如果真主赐予你胜利，就没有人能够打败你。

我紧紧抓住 Alif，任由 Noun 拉着，把我送入 Ba[1] 的怀抱。我就这样被所有的字母包围了，它们带着我绕着天花板转了一圈，然后又轻轻地把我送回了起点，即那柱子的顶端。我就在那儿像蝴蝶一样掠过、飞落。我从来不打扰那些摇着头晃着脑读《古兰经》的人。我把自己变小，紧贴在父亲身边，诵经的单调节奏使他慢慢进入梦乡。大家推推搡搡地一起从清真寺里出来，男人们喜欢彼此贴得很

---

1. Alif 是阿拉伯字母表的第 1 个字母，Noun 是第 14 个字母，Ba 是第 2 个字母。

紧。在最拥挤的地方我会穿过人群躲开他们,我会保护自己。毕竟父亲曾告诉我,你要时刻保护好自己。在路上,我们买装在渗水白布里的凝乳和新鲜出炉的面包。父亲总是走在我前面,他喜欢看我一个人解决各种问题。有一天,我被几个恶棍袭击,他们偷走了我切面包的板。我打不过他们,他们有三个人。我哭着回家,还记得父亲给了我一记耳光,他说:'你不是个女孩,不可以哭!男子汉不可以哭!'他说得对,眼泪是女孩的!我擦干了泪水,回头去找恶棍打架。父亲在街上追上我,告诉我已经晚了!……"

至此我合上书,我们就此告别童年的篇章,离星期五之门渐行渐远。我再也不会看到它了。只看到太阳渐渐落下,你们的脸庞渐渐升起。白天离我们远去,黑夜就要将我们分开。我不知道这是一股深深的忧愁——言语和目光在我内心深处凿出的深渊——还是一记离奇的讽刺,回忆里的青草与缺席的面孔在那里交织在一起,此时此刻正灼烧着我的皮肤。这本书的文字看起来似乎平淡乏味,可我读它时,却像自己的灵与肉被人抽离一样大受震撼。噢,暮年的人们啊!我想我的思绪正寻寻觅觅,漂泊徘徊。此刻让我们分别,像朝圣者一样耐心等待吧!

4 星期六之门

朋友们,我们今天要翻篇了。一同前往故事的第三阶段,一个星期的第七天,一起走向方形广场,农民和牲畜睡在一起的谷物市场,四周环以低矮围墙并享有天然泉水灌溉的城乡贸易场所。我不知道那里会给我们带来什么。大门敞开的方向堆着一袋袋的小麦。我们的主人公从来没有涉足过那儿,我反而曾在那儿卖过一头驴子。这扇门是墙上的一个洞,没有任何意义的废墟罢了。但我们必须去看看,有点出于迷信,有点出于严谨。理论上,这扇门对应着青春期。但这是一段异常黑暗的时期。我们已经寻不到主人公的踪迹。被父亲掌控的他,不得不经历困难重重的考验。这是段不安的时期,躯体惶惑迷茫、被怀疑所包围,他犹豫不决,在摸索中前进。我们有必要想象这段时期,然后如果你们愿意跟随我,我想请求你们协助我一起重建我们故事中的这一阶段。这是书里的一片留白,空白的书页如是留下悬念,那就交由读者来自行想象。轮到你们了!

"我认为这一阶段艾哈迈德意识到发生在自己身上的事情了,也经历着深深的恐慌。我可以想象他矛盾不已,在自己身体的变化和父亲要把他变为绝对男人的旨意之间左右为难。"

"我不相信这次危机。我认为艾哈迈德是被制造出来的,后依循父亲的计谋成长。他并没有对此产生质疑,他想赌赢,想迎接挑战。这个有梦想又精明的孩子很快就看透了这个重男轻女的社会。"

"不！故事很简单。让我来说吧，我知道这事。我是这席听众里最年长的人，也许比我们敬重的大师和说书人还要年长。请允许我向他致以崇高的敬意，我知道这个故事，我没必要猜测或做什么解释。艾哈迈德其实从未离开过他的父亲，他是在外面、在没有女人的地方接受的教育。在学校里，他学会了打架；常常打输。父亲鼓励他，用手摸摸他那松软的肌肉。随后，艾哈迈德粗暴地对待自己的姐姐，她们都怕他。这很正常！他不过是在为日后继位一家之主做准备罢了。他成了一个男人。不管怎么样，都教导他得有男人的举止，无论在家还是在外。"

"你的所言对我们并没有帮助，亲爱的长老！我告诉你这些是因为我们的故事正停滞不前。我们可以编造它吗？我们可以脱离这本书吗？"

"我，如果你们不介意的话。我会告诉你们真相：这是个疯狂的故事！你们知道吗？要是艾哈迈德真的存在过，他一定在疯人院里。既然你说在你藏起来的这本书里有证据，为什么不把它给我们……让我们看看这个故事到底是不是真实的，还是说这只是你为了浪费我们的时间和耐心编造出来这一切！……"

起风了，那是抗议的风！信不信这个故事是你们的自由。但是，我之所以与你们分享这个故事，只是想看看你们的兴趣如何……接下来的部分，我将念给你们听……它太让人惊讶了。我打开书，翻过空白的几页……请听！

"有一种真相无以言说，甚至无法暗示，而只能在绝对的孤独中体验，自发的秘密把这真相包裹起来，这秘密不费吹灰之力便可保持原状，它就是外在的躯壳与内在的香气，偶尔在疲倦之时，任由疏忽怠惰侵袭，会散发出一种废弃畜舍的味道，一种未愈合伤口的气味，身体尚未开始腐烂，躯体却在完好无损的表象下衰退，因为痛苦来自深深处，无法揭露的深处；人们不知道它来自内心还是别处，也许是在墓地中，在坟冢里，新挖的坟，刚被干瘪的躯体占据，这是一具被奇异作品中邪恶之眼所摧毁的躯壳，仅仅因触碰到真相的内核便崩溃衰颓，就像蜜罐里的蜜蜂，因于自己的幻想，注定会死去，被生活紧勒、窒息而亡。这个真相，平平无奇，总之，却打乱了时间，扭曲了面孔，真相递给我一面镜子，我无法对着它静静自审，无法不被一种深深的哀伤困扰，这份哀伤不是年少时期的哀愁，不是那承载着我们的傲气、使我们伤春悲秋的青春忧郁，而是一种足以粉碎生而为人的哀伤，把人从大地中分隔开来，把人当作无足轻重的东西扔到某个垃圾堆里，或是扔在绝不会有人来申领的失物招领橱柜里，抑或闹鬼的凶宅阁楼，老鼠横窜的地盘。我的身体要借由镜子这条道抵达这种状态：四分五裂的躯体融入了大地，掘出临时坟墓，石块下错综复杂的树根吸引而来，身体在巨大悲伤的重负下被压得扁平，几乎没有人有幸了解这种悲伤，人们只能猜测它的形状、重量和阴暗。于是，我避开镜子。我并非总是有勇气背叛自己，换言之，顺着命运的指引一级一级走下台阶，将我引向自己内心的深深处——难以忍受的——无法诉说的真相。在那里，只有扭动的虫子陪着我。我常常忍不住想要整理我内心的小墓地，让躺着的幽灵重新振作站起，绕着竖立的性器转一圈，这雄器，本该属于我，可我永远也不能长出这东西也无法展示。我自己就是幽灵暗影，也同样是促生它的光，是房主人——隐匿着公共墓穴的废墟之屋——也是客人。手抚上湿润的土地，抚上丛草深处的石头，寻觅自我的目光和镜子，我顺从却又并不听凭这接纳并习惯了我身体的声音，声音的薄纱包裹住我的脸，它是源自我还是父亲赋予的，还是在我睡着时嘴对嘴注入的？这声音，我时而辨认出它，时而鄙弃它；我知道它是我最精致、最精心的面具，我最可信的形象；它使我窘迫心慌，使我恼怒痛苦；它使我身体僵硬，把我的身体包裹在很快将变成体毛的细绒毛里；成功地使我的皮肤不再光滑柔嫩，我的脸成了匹配这声音的脸。我是最后一个有权怀疑的人。不，我没有资格这样做。那低沉的、有颗粒感的声音在我耳边发酵，我惶恐不安、心绪不宁，它把我扔到人群中，这样我便需要它；这样我才能自信自然地使用这声音，不会过分傲慢，亦不愠不狂，我必须掌控它的节奏、音色和歌声，把它安置在我五脏六腑最炽热之处。

"真相消散了，一去不复返；我说出这些话就足够了，这样真相就会远去，就会被遗忘，我就成了真相的掘墓人和发掘者，真相的主人和奴隶。声音便是如此：它不会背叛我……而且，即使我想把它赤裸裸地揭露开来，以某种方式背叛它，我做不到，我也不知道我甚至可能因此而死。它的要求，我是知道的：避免发怒，喊叫，过分轻柔，低语呢喃，总而言之，不合规定的一切。我墨守成规。我缄口不言，以此诋毁这个我无法忍受的形象。噢，我的天哪，真相让我心头沉甸甸的，让我闷闷不乐！苛刻的要求！无情、严峻！我是建筑师也是住所；我是树木也是树的浆液；我是我，也是另一个他；我是我，还是另一个她。任何细节都不应打乱这严苛，无论它来自外部还是墓穴深深处。甚至鲜血也不可打乱。而血，在某天早上，弄脏了我的床单。为我目前的状态留下斑斑印记，而我的身体还被包裹在白色被褥中，它动摇了小小的确定性，或者说，否认了身体外表的结构特征。我的大腿上还有一条细细的血迹，一条不规则的、淡红色的线。这也许不是血，而是一条肿胀的静脉，一条被黑夜染色的静脉曲张，是晨曦前的幻象；然而床单是温热的，仿佛之前还包裹着颤抖的身体，而它就在刚才离开了湿润之地。那确实是血；抵抗名义上的身体；一次迟到的割礼飞溅出的血迹。这是提醒，是隐匿的记忆做了个鬼脸，一段我不知道的生活记忆，一段本该属于我的记忆。作为这份记忆的承载者，记忆竟不是有生之年积累起来的，而是在彼此不知情下赋予的，这太奇怪了。我在花园里荡秋千，在山顶的露台上荡秋千，我不知道我可能会朝哪个方向掉下去。我在染红的床单上摇摆，那处的血已经和这纱融成一色。我觉得我有必要自我治愈，卸下这沉重的孤寂，这孤独就像一堵墙，记录着某个被遗弃部落的怨念和呐喊，又像是沙漠中的一座清真寺，暮年的人们来到这里放下他们的悲伤，献出一点他们的血。一个细微的声音劈开了墙壁，告诉我，梦境麻痹了晨星。我便仰望天空，却只看到由完美之手所画的一道白线。我走在这条路上，应该放下几块石头，标记下我的孤独，我伸出双臂向前一推，就好像要扯走那会突然从天空落下的夜幕，或者，移开那会整块坠下的夜空，我把这块夜戴上，当作面庞，当作头颅，而我甚至无法将其勒死。这一股纤细的血流只可能是一道伤口。我试图用手抵住不让血流出来。我低头看了看自己张开的手指，指间是发白的血泡。透过手指，我眺望花园，静息的树木，看见高高的树枝纵横交错着划开了天空，我的心比往常跳得更快了。是激动、恐惧还是羞耻？不过，我早已料到了。我曾好几次看到过母亲和姐姐在她们的双腿之间搁放或脱下白布片。母亲会把用过的床单剪成布条，放在衣柜一角，我的姐姐们便悄悄取用。我注意到了一切，并等待着有一天我也会偷偷打开那个柜子，在我的两腿之间放上两三层布。我将在晚上观察流血,再研究布条上的血迹。这就是伤口。某种宿命,某种对秩序的背叛。我的胸一直遭到禁锢,不得显露出来,我想象着乳房在体内生长,单单这想法就使我呼吸困难。然而,我没有乳房……这样也就少了一个问题。血迹降临之后,我恢复了知觉,重拾了自己,重拾了命运画出的掌纹。"

星期六之门在一片沉寂中合上。艾哈迈德如释重负地走出了这扇门。他意识到他此时的生活需要维持住表象,他不再是父亲的意志载体,他将成为自己的意志。

5 Bab El Had[1]

　　这是一扇很小的门；得弯下腰才能通过。它位于伊斯兰教徒区入口处，也与其尽头相通，即出口处。事实上，它们都是伪入口，一切都取决于人们来自哪里；众所周知，每个故事中都有用以进入和离开的大门。就是这样，艾哈迈德经常会在两扇门之间来回穿梭。他今年二十岁了，是一个受过教育的年轻男性，而他的父亲对其未来很是担心。我想，在这个转折点上，每个人都期待着我们的故事。接下来的事情是这样发展的：

　　一天，艾哈迈德去工作室探望父亲，对他说道：

　　"父亲，你觉得我的声音怎么样？"

　　"挺好的，既不太低沉也不会太尖锐。"

　　"很好，"艾哈迈德回答道，"那么我的皮肤呢，你觉得怎么样？"

　　"你的皮肤？没有什么特别之处呀。"

　　"你有没有注意到，我不是每天都刮胡子的？"

　　"是的，为什么呢？"

　　"你觉得我的肌肉怎么样？"

　　"哪里的肌肉？"

　　"例如，我胸部的肌肉……"

　　"这我就不知道了。"

　　"你有没有注意到，这里很硬，胸部的位置？……父亲，我打算留胡子了。"

"如果你觉得这能让你高兴的话！"

"从现在起，我将穿上西装，打起领带。"

"你想怎样就怎样吧，艾哈迈德。"

"父亲！我想结婚……"

"什么？你还太年轻……"

"可你不就是很早结婚了吗？"

"没错，可我那是另一个时代了……"

"而我的时代又是什么样？"

"我不知道。你这问题让我很尴尬。"

"现在难道不是谎言、蒙蔽的时代？我是一个实际存在的生命还是一个孤零零的形象，是一具肉体还是一份权利威望，是衰败花园中的一块石头还是一株笔直的树木？告诉我，我到底是谁？"

"但你为什么会有这些问题呢？"

"我向你提出这些问题是为了你和我可以一起直面这些事。你和我都不是轻信的人。我的现状，我不仅接受着，于此生活着，而且我喜欢这样。我对此很感兴趣，它让我享有我原本绝不可能拥有的特权，为我敞开了大门，我喜欢这样，即使它随后又把我禁锢在玻璃牢笼里。我有时会在睡梦中透不过气，淹

---

1. 阿尔摩哈德王朝曾定都马拉喀什，并建起城墙，有扇城门叫做 Bab El Had。El Had 在阿拉伯语中意为"剑的边缘"。这座门如此命名，因为杀人犯就在此地用剑斩首。本章结束时，提到这门是临界之门，正是取了"边缘、界限"的意思。

死在自己的唾液里,我紧紧抓住变幻不定的大地死死不放手。我因而几近虚无。但是当我醒来的时候,我仍然为我自己的身份感到高兴。我读过所有有关于解剖学、生物学、心理学,甚至占星学的书。我读过很多书,我选择幸福。痛苦,孤独的不幸,我把它们扔在一个大笔记本上摆脱掉了。因为我选择生活,便接受了冒险,我想深入地探索这个故事直到将它穷尽。我是一个男人,我的名字叫艾哈迈德,这名字遵循着我们的先知穆罕默德的传统,我需要一个妻子。我们将为我们的订婚仪式举行一个盛大却又私密的派对。父亲,你将我塑造成为男人,我必须这样保持。正如我们敬爱的穆罕默德所说:'结婚是我的道路……'"

父亲陷入了极度慌乱。他不知道该对他的儿子回应点什么,也不知道该向谁寻求建议。毕竟艾哈迈德步步逼近,所言的逻辑臻于完美。他并没有把一切都告诉父亲,因为他有个计划。巨大的沉默中充满了不安。艾哈迈德变得专横了。在家里,他会让姐姐们为他准备午餐和晚餐。把自己关在楼上的卧室里,禁止本就很少见到的母亲再和他有任何温存的举止。在工作室,他已着手处理事务。高效、开通、犬儒主义,他是一位出色的谈判者,连他的父亲都有所不及。他任由这些发生着,他没有朋友。他神秘、厉害得可怕,甚至令人生畏。他端坐在自己的房间里,睡得很晚,起得很早。他确实读了很多书,并在晚上写作。他有时会在房间里闭关四五天,只有母亲才敢敲他的门。他会咳嗽一两下,这样可以不用说话就告诉别人他还活着。

一天，他把母亲叫来，用坚定的语气对她说：

"我已经选好了那个我要娶为妻子的女人。"

母亲早已被父亲打过预防针了，她什么也没说，甚至都没有表现出惊讶，已经没有什么事可以使她感到震惊了。她告诉自己疯狂正袭击着他的大脑，她不敢想自己的儿子竟变成了个怪物。过去一年中，他的举止发生了巨变，甚至变得使人认不出来了，他变得具有毁灭性、变得蛮横粗暴，至少是离奇古怪。母亲抬起头看着他，说道：

"是谁？"

"法蒂玛……"

"哪个法蒂玛？……"

"法蒂玛，我那堂姐，叔叔的女儿，叔叔是父亲的那个弟弟，那个在你每次生出女儿时都欢呼雀跃的人……"

"但你不能娶她，法蒂玛有疾在身……她有癫痫，然后还是个瘸子……"

"确实是这样没错。"

"你简直是个怪物……"

"我是你的儿子，不偏不倚。"

"但你这样会招致不幸的！"

"我只是听从你的话，你和父亲为我指了条路罢了。我走上这条路，一直沿着它走，出于好奇，我稍稍走得渐远，你知道我发现了什么吗？你知道这条路尽头都有什么吗？一堵悬崖。这条路戛然而止了，断在了一块巨岩之上，岩石俯瞰着一片旷野，垃圾被肆意丢弃在那里，城市的下水道似乎巧合一般在那里汇聚，腐败在滋生；各种气味混合在一起，令人感到的不是恶心，而是对苦与恶的沉醉。噢！你放心吧，我可没去过那个地方……我只是想象着，感受着那儿，我看到那儿了！"

"我可是什么决定都没做。"

"确实是的！在这个家庭里，女人们把自己包裹在沉寂的裹尸布里……她们都服从于我，我的姐姐们也服从我；你，你闭嘴不用作声，我发号命令！多么讽刺啊！你是如何做到没在你女儿们心里种下任何一点暴力的种子？她们都在那里，来来回回走着，默默刮着墙头，等待着上天赐予她们丈夫……多么悲惨啊！你看到我的身体了吗？它已经长大了；已经回到了原本的栖身之所……我褪去了另一副躯壳；脆弱而又透明。我又在皮肤上涂抹了厚厚一层粉。身体已经长大了，我不能再睡在另一具身体里了。我躺在你的裹尸布的边缘上，你什么都不说。你自有道理。让我告诉你一些别的事情。他们让我记诵的某些《古兰经》经文最近会浮现在我的脑海中，就像这样，无缘无故。它们从我的脑海中穿过，停个一秒，然后就消逝不见了。"

"真主为你们的子女而命令你们。一个男子，得两个女子的分子。[1]"

1.《古兰经》中的妇女章 11—12。

哦，不，我不想背诵这些篇章话语，让它随风而去……而我，我打算结婚，组建一个家，就像人们说的，一个堆满余烬的家，我的房子将是玻璃牢笼，并不会是个多神奇的房子，只不过是装满镜子的房间，反射着光线和影像……我打算先订婚，不急于迅速跳到后一阶段。现在，我将写作，也许是为献身的女人写首情诗。写她或是我，这由你们决定。

噢，我的朋友们啊！我们的主人公脱离了我们的控制。在我看来，他不应该成为恶人，我有种感觉，他正不声不响离开我们。这种急剧的转变，这猝不及防的暴力使我不安，我不知道我们将何去何从。我也必须承认，我为此兴奋难耐！他是痛苦的，他被诅咒所困，巫师使他变了个身。他的邪恶已经超出了他本身。正听我说话的人们啊，你们相信吗，他肆无忌惮、无所顾忌，你们相信他就是个怪物吗？一个写诗的怪物！我不信，我很怀疑，我对这张新面孔感到不舒服。我要回到书中，墨水是苍白的。水滴——也许是泪水——使得这一页变得难以辨认。我费了好些力气才读懂：

"在自己身体疼痛的怀抱里，我忍受着，坠落到最深处想要摆脱。我任由自己滑入一条褶皱，我喜欢这山谷的气味。一声马嘶吓了我一跳，是匹无人看管的母马。马儿一身雪白，我捂住眼睛，身体慢慢随着欲望敞开，我用手牵着它，马反抗着，逃跑开了。我睡着了，紧紧抱着双臂，在自己的怀里睡着了。

"是大海在亡驹的耳边低语吗？是一匹马还是一条美人鱼呢？

"是什么样的船难仪式会被大海的头发攥住？我被困在意象中，巨浪在追赶我。我跌倒了，晕了过去。我有没有可能就此昏睡过去，失去意识，不再能用手辨认出曾熟悉的东西？我用转动的意象建造起我的房子，我不是在开玩笑。我努力不死去，至少有一辈子的时间来回答一个问题：我是谁？另一个人又是谁？早晨的狂风？静息的景色？颤动的叶片？山顶的白烟？喷涌的清泉？绝望之人造访的沼泽？崖上之窗？夜幕另一端的花园？一枚旧硬币？一件盖着死人的衬衫？半启嘴唇上的一丝血迹？一副戴歪的面具？银发上戴着的金色假发？我一字一句写下这些文字，我听见风声，不是外界吹来的，而是在我脑海里的；它猛烈地刮着，砰的一声关上了我以此进入梦境的百叶窗。我看到有一扇倾斜的门，它是否会突然掉落？落在我习以为常把头搁下的地方，为了迎接其他的生命，为了抚摸他人的脸庞，不论是阴郁抑或欢快，我都喜欢，因为它们都是我捏造出来的。我让它们与自己的脸截然不同，或畸形丑陋或卓绝美艳，在白天那日光的照耀下欣喜愉悦，像征服者巫师一样盘旋在树枝上空，翱翔俯览大地。有时，这些面孔如严冬一般使我厌烦，我便弃之不顾……去别处继续寻找。我选择性地牵起一些手，那些宽大的手，纤细的手。我紧紧握住、轻触拂过、轻吻着、吸吮着，心醉神迷。那些手不再那么抵抗我了。手是不会做鬼脸的，但这些面孔总是龇牙咧嘴，以此报复我所得到的自由。正因如此我把它们赶到一边去。我并没有暴力驱赶，而是把它们放在一边，把它们堆砌起来，堆得高高的而后它们便自己垮落摔成一片。它们忍受着痛苦，有些会尖叫，猫头鹰的叫声、猫叫声、咬牙切齿之声。冷漠的面孔，既不是男人也不是女人的脸，却是绝美的面孔。那些手同样背叛我，特别是当我试图将那些手与脸配对的时候。最重要的是避免海难，遇险的惯例困扰着我。我有可能失去一切，可我不想在外面和他人相遇。赤身裸体是我至高无上的特权，我是唯一可以凝视自己身体的人，我是唯一可以埋怨它的人，我跳舞、转圈、鼓掌、用脚击打地面。我凑向藏匿着我的创造物的活板门。我害怕摔倒，害怕和那些不苟言笑的面孔混为一谈。我不停地旋转着，在晕眩中陶醉、出神、忘乎所以。我的额头上沁出了汗珠，身体随着一段非洲节奏律动着……我听到了音乐节拍，看到了丛林荒漠，与赤裸的男人为伍，忘却了我是谁。我渴望着内心的宁静。而我遭到了围捕，向着森林里的一团火焰张开嘴。我并不在非洲，而是在一处滨海墓园，我浑身发冷，坟墓空空如也，早已被人遗弃。呼啸的风是墓园的囚徒。一匹被涂成夜幕蓝的马在墓地奔驰。是我的目光不期遇上它，又镌刻进马首。黑暗将我笼罩，我感到很安全。温暖的手牵引着我，抚摸着我的背，我猜猜这手是谁的，不是我的。我想念一切，我在退却。是因为我疲惫不堪还是重归自我和家的想法呢。我想笑，因为我知道，我注定要被孤立，我无法战胜恐惧。人们说这就是焦虑，我花了好些年的时间让这焦虑适应我的孤独。离群索居是我所渴望、选择与热爱的。除了面孔和双手、旅行和诗歌之外，我还会从中汲取更多灵感。我把苦难变成宫殿，在那里死亡不复存在。甚至不是我把死亡推开。死亡禁止入内，而是苦难本身足矣，不需要用力一击。构成这个躯体的纤维积累了痛苦，喝退了死亡。那是我的自由。焦虑不安正在消退，我独自一人，斗争到黎明时分。早晨，我跌倒在地，疲惫却快乐。其他人什么也不理解，他们不值得我如此疯狂。

"这就是我的夜晚：仙境般的夜晚。我也喜欢把夜安置在岩石的高处，等待风来撼动、洗净它们，把它们从睡梦中分离出来，把它们从黑暗中解放出来，褪去它们的表象，把它们裹在独一无二的幻境之云中带回我身边。然后一切都会变得清晰起来。我忘了，我慢慢地沉入另一副敞开的身体里。

"我不再询问任何人。我品着咖啡与生活，不好不坏、非善非恶。我不向任何人提问是因为我的问题都不会有答案。我一清二楚，因为同时活在镜子的两面。说老实话，我并不是个严肃的人，我喜欢玩闹，即便我要作恶。久远之前，我已凌驾于恶之上。如果把目光放远来看这一切，站在我的孤独之巅来看，这就奇怪了！我的冷酷严峻为我打开了许多大门，而我并不需要那么多！我喜欢自己可以支配的时间，除此之外，我就会有点不知所措。于是，我变得严厉，比人们预想的更早地走出娇生惯养的童年，我打乱了身边一个又一个人的认知，我不要爱，而是要放任、遗弃。他们不明白，正是如此，我得在任何可怕可憎的环境下自生自灭。

"如今，我乐意考虑那位将成为我妻子的人。我还未谈论欲望，而是在谈论奴役。她会来的，拖着一条腿来，面孔紧绷，神色忧虑，对我的要求感到震惊不安。我将把她带回我的房间，和她谈谈我的夜晚。我会亲吻她的手，告诉她她很美；我会让她哭，任她疾病发作；我会注视她在死亡边缘挣扎，流口水，苦苦哀求；我会亲吻她的额头；她会平静下来，然后头也不回地回她家去。

"我并不沮丧，我恼怒。我并不悲伤，我绝望。我的夜晚没有给我带来任何东西便消逝了，悄无声息。寂静、空虚、黑暗。"

朋友们，我告诉过你们这扇门很窄。我能从你们的脸上读出困惑和焦虑。这番自白令我们豁然开朗，又让我们感觉疏远，我们的主人公变得越来越陌生了。

一些来历不明的信件往来将打乱我们主人公的计划和生活。这些存放在笔记本里的信件并没有全都注明日期。但是，在阅读时，我们可以确定这些信写在故事正在发生的节点上。信件都没有署名或是签下的名字实在难以辨认，有时就是一个十字架，有时是首字母或阿拉伯字母。

这些信是匿名的男性或女性通信者寄来的吗？还是说这些都是虚构的？抑或是他在孤立无援之时自己写给自己的？……

第一封信没有出现在笔记本中，应该是丢失了。第二封则是他的回信：

"因此，我将终身受罚！您的来信并没有让我感到惊讶。我猜想过您是如何获取我生活中一切私密又奇异之事。您穷追不放的是个空缺，或者，说到底是一个错误。我自己也不知道我是谁；也许既是她也是他！然而您含沙射影地提及了这些问题，您冒冒失失干涉了我的梦境，因此您成为了我的帮凶，协助我犯下罪行或招来不幸。您的签名潦草，字迹难以辨认。这封信没有注明日期，您是死神吗？如果您是，请来找我，我们一起欢笑……留局自取！首字母！可真神秘啊……"

"我在花园入口处的石头下面发现了您的信，谢谢您的回信。您还是闪烁其词。我已经等您很久了。我的问题可能不是很具体很明晰。请您理解我，我不能透露我的身份，否则会给您和我带来不幸，招致危险。我们的通信必须秘密进行。我相信您的保密意识。

"指引我并引领我找到您的目标打上了不可能办到的印记。但我喜欢怀着耐心走在这条路上,这耐心被梦境生发出的希望滋养着,每次发烧的时候,我都会在梦里看到您,而您却看不到我;我听到您自言自语,或是赤身裸体地躺在笔记本的白页处,我观察您注视您,直到我喘不过气来,因为您在疯狂地移动、奔跑。我希望我能让您停下来一会,短短片刻也好,让我看看您的眼睛和睫毛。然而我对您只有一个模糊的印象,这样也许更好!"

"既然您都大老远得跑到我家来窥视我,勘察我的所为和所想,我决定清理收拾一下。我的房间不是很大,但平行的镜子、天空中射来的光线、大窗户和我的孤独使它显得很大。我还要通过清理我的生活、整理我的记忆来使它看起来更大些,因为没有什么会比时间积留在记忆的楼层地板上的那些东西更多余累赘了。(人们说那只是留在记忆的一个小角落里,而我知道那实际上是个楼层,因为有太多东西堆积在那,就等着一个信号好滚落下来,把我现在的生活扰得一团糟。)等您下次再来时,您会大吃一惊,甚至茫然无措。不瞒您说,我要想方设法让您迷路,加速您的毁灭。您将落入您胆大妄为的陷阱中或者干脆落入路边的沟壑罢了。但是,让我们再一起待上一段时间吧,让我们不要从彼此的视线里消失不见。回头见!"

"我没有时间来找您,也不知道我的出现会不会扰乱您的生活,我还是宁愿给您写信。我不会谈论您的美貌,也不会谈论笼罩着并保护着您的恩典圣宠,更不会谈论命运对您的操纵。

"我了解到您有了结婚的意愿。原则上说,这是个不错的举措!但您的灵魂好像迷路了,似乎正在走入歧途。您胆敢把一个可怜无助的人儿变成受害者吗?不,不!这种做法和您并不相称。不过,如果您想打击您的叔叔,我可以给您提供一些建议。但我仍然相信您有天赋成就迥然不同的雄心壮志!

"让我们把这些阴谋诡计留到夏天或秋天吧。看看呐,春天仿佛欠着身子,轻轻打开了我们的心扉。

"我仍将继续隐姓埋名,留在阴影里,那所有的偏离都可能发生,尤其是那些偏离将我引向您、通往您的思想、通往您的灵魂、通往躺在我身边的您的身体……"

"我父亲病了。我不得不放弃所有计划。我觉得这是段艰难时光,想到他会去世,便心神不宁。每当我听到他咳嗽,都会很难过,母亲也似乎没有为这不幸的到来做好准备。我从自己的房间出来,睡在父亲身旁,辗转未眠。我观测他呼吸的节奏,照顾他,自己默默地哭泣。

"今天,我对您讲述了我的恐惧和痛苦,而您仍是未知者，这倒拉近了我与您的距离。我不想看到您的脸，也不想听到您的声音。让我通过您的来信来猜测、来琢磨您吧。如果我迟迟没有告诉您我的近况，也请不要责怪我。"

信件往来交流就此中断，我们得把篇幅留给那个重大事件，决定性的考验，这个重大转折还将颠覆我们主人公的人生。在父亲去世之前，会发生一些小事、会有阴谋诡计和企图尝试，这坚定了继承人的意志，也赋予了他无可争议的合法继承地位。**Bab El Had**，顾名思义，就是临界之门，为终结某个局面而矗立的一道屏障。这将是我们最后一扇门，因为它毫无征兆地就对我们关闭了。而我，曾经告诉过你们七扇门之事的我，如今不知所措。我们的故事并不会在这扇门前止步，它仍会继续，但不再穿过墙上的任何一道门了，它会转弯，拐入一条环形街道，我们得更加留心了。

6 被遗忘之门

现在，我们必须从墙上的缝隙，从那些被遗忘的裂洞中溜进去；我们得蹑手蹑脚地走路，一边侧耳倾听。不在白天，而是在晚上，当月亮向我们的故事投下阴影，当星落聚集在天空的某个角落静静看着沉睡的世界。

噢，我的朋友们啊，我不敢和你们一同谈论神，那不偏不倚而又至高无上的神。我记得一位伟大的作家说过一句话，至今仍困扰着我："我们不知道神要强调什么，而生活就像犯罪一样令人害臊。"我们都是它的奴隶，都因疲惫而倒下。至于我，在毫无防护的舞台上跳舞的盲人；随时都可能摔倒。这就是冒险……几个约束着我们的逗号。

父亲过世了，他是慢慢离世的。死亡花了很长时间，在一个早晨将他从睡梦中接走。艾哈迈德雷厉风行地接手一切，统揽大小事宜。他召集来了他的七个姐姐，对她们说了诸如此类的话："从今天起，我不再是你们的兄弟；也不是你们的父亲，而是你们的监护人。我有义务也有权利照顾你们。你们应该服从并尊重我。最后，我也无需提醒你们，我是一个遵循常理秩序的男人，如果说我们国家的女人比男人卑微低等，那并不是由于神的意愿或穆罕默德的决定，而是因为女人接受这种命运。那就受苦受难，默默地活着吧！"

在发表完上述声明之后，他找来公证员，邀请叔叔们，处理继承问题。整件事进展有序。艾哈迈德收到了匿名通信者寄来的一封简短的吊唁，并在几天后作了回复：

"父亲的印记仍在我的身上，他可能已经过世了，但我知道他还会回来的。在某个晚上，他会从山上下来，逐一打开城门。这烙印是我的血统，是我必须沿循不致迷失方向的路。我感受不到痛苦，我的悲痛在飘荡。我的眼睛是干涩的，我的纯真受点点脓液玷污，我看到自己身上沾满了这种淡黄色的液体，这液体让我想起了死亡的地点和时间。

"现在我就是一家之主了。我的姐姐们都顺从于我，她们的血液缓慢地流动着，母亲沉浸在哀悼的静默中。至于我，我犹豫着、疑惑着；不知道未来我将会带回什么样的东西、什么样的花园、什么样的夜晚。我是一个旅行者；如果没有走过一些不为人知的小路，我是绝不会睡着的。这些小路由一只熟悉的手指明——也许是我的手，也许是父亲的——小路在一片白色的、荒芜的、无人问津的海滩上延伸，连风都避之不及。这就是未来，一尊蒙着面纱的雕像在踽踽独行，在这片白色的地域上，在这片令人无法忍受的光之地。这座雕像刻的也许是一名女性，她看护着垂死的马匹，在那儿，在父亲的声音所指引的小路尽头。

"一会见。

"我必须提醒您，您可能并不存在，我不可能和您建立友谊，更不用说爱情了。

"附注：每天早上起床的时候，我都会站在窗户边往外看，看看天空有没有趁我睡觉的时候悄悄溜进来，有没有像岩浆一样蔓延到内院。我相信，终有一天它会闯入屋里烧掉我的遗体。"

在说书人念这封信的时候，一个又瘦又高的男人不停地走来走去，穿过围成圆圈的人群，一边绕开众人一边挥舞棍子，好像要抗议或发言来纠正什么。他站到中央，借手杖和说书人保持一定距离，并对听众说道：

这个男人对你们隐瞒了真相，他没有胆量把一切都告诉你们。这个故事其实是我告诉他的，这是个可怕的故事，我没有编造，这是我亲身经历的。我是他的一个亲戚，是法蒂玛的兄弟，法蒂玛是艾哈迈德选择的那个女人，那个终成为其妻的女人，却让自己卷入了败坏堕落的漩涡中，对于我们这些勇敢善良的穆斯林来说简直难以理解的腐坏之涡。她的母亲款款而来，在七个女儿的簇拥下，在屋里摆上一大束鲜花，仆人们也怀抱着那满当当的礼物紧随其后，她在我母亲的耳边轻声低语说了类似这样的几句话："如果神保佑，同样的鲜血，那曾经把我们团结在一起的血将再次使我们团结一起。"然后，一番寒暄之后，她慢慢地，一个音节一个音节字正腔圆地念出了法蒂玛的名字，又重复了不止一次，以免让人以为听错了。我的母亲笑不出来了。向不幸的法蒂玛提婚，向这个拖着腿、步履艰难，经常癫痫发作的女人提婚，是太好了还是糟透了。她的名字一经提起，她就被支开了，被锁在阁楼的房间里，什么也不说，既不说是也不说否。就等待着与父亲的协商了。两家人之间的关系算不上好，彼此间的嫉妒和竞争助长着一场悄无声息的战争。只是表面功夫尚可，才得以保全面子，这便是一些人所说的虚伪。这两兄弟都不太喜欢对方，他们的妻子显然各自站在自己丈夫一边。事实上，兄弟俩默默地憎恨对方，其妻负责维持紧张的局面。她们在澡堂或家庭聚会碰面时，会互相说一些对方的坏话。然而没有人会想到，这两个家庭居然有一天会联姻。父亲犹豫了，他料想艾哈迈德这么做是不可能不怀有其他用心的。另外，艾哈迈德如此少见的个性使他困惑。他对这人甚是不解，随即又恼悔于自己的邪念；他祈祷着，并祈求神为他伸张正义！他的一生都在指望这份遗产。随着艾哈迈德降生，他为自己的这种等待感到悲哀，觉得自己是不公命运或阴谋圈套的受害者。起初他拒绝将女儿嫁给那人，但后来他想到了和法蒂玛讨谈这件事。她想结婚，父亲最终也就妥协了。艾哈迈德提出了他的条件：婚后两个家庭不相往来；他将独自与妻子生活在一起。妻子只有去洗澡或去医院时才可以离开屋子。他考虑带她去看技术高超的医生，把她的病治好，给她一个机会。他遮住自己的脸说着，语气坚定。他还说了一些我们不太理解的东西，哲学思想，自相矛盾的想法。我记忆犹新，因为他最后所说的话让我很是好奇，甚至让我感到不舒服，他说道："作为绝对的唯一旅客，我在这满是谎言的森林中紧紧抓住自己的外壳不放，站在玻璃墙抑或水晶墙后方，观察人们的交易，看到人们小小的身躯被重负压弯了腰。很长一段时间以来，我一直在嘲笑我自己和另一个人，那个和你们说话的人，那个你们以为看到和听到的人。我不是爱人，而是一座无法攻占的堡垒，一座正在瓦解的海市蜃楼。我自言自语，我结结巴巴，吞吞吐吐，我或许会让你迷失在话语的丛林中。你们将会听到我的消息，在我死去的那天，那将是一个阳光灿烂的日子，我心中的鸟儿会唱歌的日子……"我们都觉得他是在胡言乱语，他读的那些书快把他逼得神志不清了。他不停说话，说着人们都听不清的话，把头埋在杰拉巴[1]里，好像在祈祷或是向一个不可见的人传达秘密。剩下的事，我的朋友们，你们是无法猜到的。我们的说书人声称自己是在读艾哈迈德遗留下的一本书。但这不是真的！当然，这本书确是存在。不过它并不是我们说书人用这条脏兮兮的围巾裹住的、被太阳晒得发黄的旧笔记本。再说了，这也不是一本笔记本，而是本非常便宜的《古兰经》。奇怪的是，他看着经文，却读着一个疯子的日记，这疯子是自我幻想的受害者。妙啊！真是胆大妄为，张冠李戴！艾哈迈德的日记，为我所有；这很正常，我在他过世后的第二天就偷走了它。这就是，上面还盖着当时的公报，你们可以看到那日期……这不正与他去世的日期相吻合吗？我们的说书人真会讲故事！他

---

1. 一种宽松的中性长袖长袍，配有一个宽松的兜帽。

给我们念的东西值得载入笔记本里。

朋友们！别走！等等，听我说，我是这个故事的一部分，我正爬上这木梯，请你们耐心等待，等我爬上露台，我在翻过房子的墙壁，我爬上纯白的露台，坐在草垫上，打开书，向你们讲述这个怪异而又美丽的故事，发生在承恩的法蒂玛和被幽禁在恶之迷雾中的艾哈迈德身上的故事，被千万毒箭刺穿德行之心的故事。同伴们，到我这里来吧，不要着急，不要诋毁我们的说书人，让他去吧，爬上梯子吧，留心吹来的风，爬上高处去吧，爬上围墙，侧耳倾听，睁开眼睛，让我们一起离开吧，不是乘上地毯，也不是去往云上，而是去到由字句堆积而成、厚厚的积层之上，五彩缤纷、仙乐飘飘。你们所听到的这首歌是艾哈迈德钟爱的那首，它来自远方，穿越高山从南方而来。歌声令人感到伤感，似乎是大地缓缓地抬起一块又一块巨石，让我们听到被踩踏的身体负伤的喧嚣。你们沉默不语，神色凝重。瞧，我看到我们的老说书人回来了。他和我们坐在一起，欢迎！我只是把你的故事继续讲下去。我可能打乱了你，请原谅我不耐烦的举措。是这首歌把你带回来了。让你回来。它把我们带回了现实。靠近点；再靠近我一点，你就可以参与进这个故事来。现在我要读一读艾哈迈德的日记了，它是用这句题铭作为开头或是继续叙述的，我也不知道其中缘由，题铭这样写道："日子就像石头，一块垒在另一块上，它们就这样一块一块地堆积起来……"

这是一个伤痕累累男人的自白；他自比希腊诗人。

7 禁闭之门

两位老妇人，身子干瘦、头发花白、眼神阴郁，举止利落，陪同法蒂玛到来。没有喧嚣欢庆的气氛，老妇人把那个将成为我妻子，承担家庭主妇角色的女人交于我手中。她裹在白色的杰拉巴里，眼帘低垂，即使她敢抬起眼睛，这两个女人也会阻止她这么做。羞耻心，就是这样！不能正视男人的脸；无法经受住男人的注视，无论是出于顺从、责任，或偶尔出于尊重或情感。两个女人各挽着她的一只胳膊，她们簇拥着她，她感到不适。她们加快步伐，拖着她也步履匆匆而坚决地走着。然而对法蒂玛来说这毫无意义，她甚至做梦也不能拥有爱情，她不想陷入这些幻觉。她好好的身体背叛她，在她青春正茂之际舔舐她。冥间的恶魔经常造访她，进入她的血液，使其紊乱，或是流转得太快或是不稳定。她的血液扰乱了她的呼吸，她摔倒了并失去了意识。她的肉体离开了，远离了她的意识。她的肉体做出一系列无法控制的动作，它在独自与风搏斗，与恶魔搏斗。我们把她独自留下去解开所有这些打成结的线。她的身体慢慢地重回了自身，恢复了原样，疲惫不堪、伤痕累累、疼痛难耐。她躺在地上休息，感谢神让她重新获得了正常呼吸的能力，让她能够站起来并在街上奔跑。家里每个人都已经习惯了看她用头撞无形的墙。没有人会为此激动或震惊，也没有人会担心。他们最多只是说："看！她这次发作比上周更加厉害……一定是发情了！……"她在她那卑微的孤独中熬过了这次发作，一切都各得其所。她的兄弟姐妹也都各就各位，他们有着无限的未来，高高兴兴制订着计划，会因为没有太多钱可以在社会上抛头露面而有些恼怒，对于家里有这样一个姐妹也有些不快，她就像是和谐景致中那个错乱的音符。法蒂玛也终于适得其所：住一个毫无舒适可言的房间，在露台边上。人们经常忘记她。我曾偶然碰到过两三次她在哭泣，无缘无故地，为了遗忘什么或是为了打发时间。她感到厌烦、惆怅，因为整个家里都没有一个人对她温柔以待，她于是陷入了一种可悲的忧郁之中，这忧愁就这样一直笼罩在她周围。她是个牺牲品，她麻木了，她不过是一个小东西罢了，在日复一日枯燥短暂的生活中，由于阴差阳错或家门不幸而添置的小玩意，被放置在院落一角废弃的桌子上，只有猫儿和苍蝇喜欢在那里打转。

她漂亮吗？时至今日，我仍然这样问自己。必须承认，她的脸上已经出现了细纹，频繁发作、愈演愈烈的癫痫刻下了印记。紧绷的脸部线条消弭了原先的纤秀。她那双清澈的眼睛在没有被泪水浸湿时，为明眸增添了柔媚的光。鼻子小巧，两颊长满了永远的青春痘。我无法喜欢的是她的嘴，发病的时候她的嘴巴扭曲着，咧开嘴强扯出一弯苦笑，就像是在白纸上画了一个巨大的逗号。尽管她的右腿纤细，她的身体却很结实。紧绷又僵硬。她的乳房很小，乳头周围长有几根毛。我把她抱在怀里，为了安慰她的痛苦而不是为了释放性欲的时候，我觉得这具身体变成了一具活生生的骨架，在与鬼魂或一只无形章鱼的触手作斗争。我感到它很热，炽热而紧张，它下定决心要获得胜利，这样才可以活下去，才可以正常地呼吸，才可以奔跑、跳舞、游泳，才可以像一颗小星星一样攀爬上高高涌起的迷人的浪花泡沫。我感觉到这具身体只是用自身内部组织在与死亡作斗争：神经和血液。她经常有大出血的情况。她说她的血变得愤怒了，说她不配留着它做什么好事。她不想要孩子，尽管整夜整夜的梦里都被吵吵嚷嚷的孩童侵袭着。她紧紧抓着我的胳膊睡在我身边，吮吸着自己的拇指，身体放松而平静。

是她在来到我家的那天在我耳边低语，像吐露隐情一样："谢谢你把我带离了另一个家。我们将成为姐弟！我的灵魂和我的心都将为你所有，但我的身体属于大地，还属于毁灭它的魔鬼！"她刚一说完就睡着了，只剩下我独自思考这些在夜初时分说出口的含糊话语。我开始怀疑自己，怀疑自己的表象。她知道那事吗？她是否想早一步与我进行谈话，尽管我心里早已准备好在不告诉她我秘密的情况下警告她？奇怪啊！我最后只是简单地认为，她早就泯灭了内心的性欲，接受了这段婚姻，认为我向她提亲，并非出于爱情，而是一种社会性的安排，为了掩盖某个生理缺陷或某个悖理的行为。她一定认为我是个同性恋者，需要一个幌子来压制流言蜚语；或者我压根就是个想要保全面子的阳痿汉！我本该花一生去演戏，演那表面功夫，所有的表象，甚至那些可能是真相的表象，这些表象对我来说都是张真实的脸，赤裸的，没有面具，没有一层黏土或一幅面纱遮掩，一张展露的、仅仅可谓平庸的脸，与其他人并没有什么特别差异。

我没有不高兴,我发现大胆会有助于顺理成章。我让她睡在我对面的床上,我尽可能地照顾她。她从未在我面前脱过衣服,我也没有。羞耻和贞洁萦绕在我们的大房间里。我曾在某天趁她睡觉之时试着看她有没有切除或缝合阴唇。我轻轻掀开床单,发现她的骨盆上戴着坚固的护套,就像贞操带一样,装甲的,为了抑制欲望,或者为了激起而后再更好地打破欲望。法蒂玛的出现让我很是烦恼不安,起初我喜欢这种艰巨、复杂的局面。然后我开始失去耐心。我不再主宰着我的世界和我的孤独了。我身旁这个受伤的人,我亲手让她闯入了我的秘密和隐私,这个勇敢而绝望的女人,噢她不再是一个女人了,在接受了跌入深渊之后,她走过了一段困难重重的道路,她的内心遭受扭曲、遮蔽、阉割,这个女人也不希望成为男人,只想成为一无是处,一个空罐子,一个缺席,一份蔓延到她身体和记忆深处的痛苦,这个女人几乎从不说话,只是偶尔低语一两句话,她把自己禁锢在漫长的寂静中,读着神秘主义的书籍,睡觉时不发出丝毫声音,这个女人使我无法入睡。有时我会趁她睡觉时看她很久,紧紧地盯着她看直到我迷失于她的音容笑貌,潜入她埋在暗井中的深刻思绪。我在静默里产生幻觉,成功地接联上甚至理解她的思绪想法,就像是我自己生发出的一样。这便是我的镜子,映照着我的恐惧和软弱。深夜时分,我能听到她的脚步声,在吱吱作响的旧地板上缓缓移动。

事实上,这并不是地板,而是我想象出了那吱吱声,响声在我脑海里勾画出了地板，地板在我面前铺展开来，它是用旧木头铺成的，木头来自一座倒塌的房子，被行色匆匆的旅人所遗弃，是树林中一个破烂的老棚子，周围的橡树经受了时间的蹂躏；我爬上仅剩的还算坚固的一根树枝，俯瞰屋顶布满洞坑的木棚，透过这些洞口，光线照射了进来，我的目光随着尘土中留下的脚印溜入了屋内，并随着脚印来到了地窖，老鼠和其他我叫不出名字的动物在里面其乐融融地生活着，这是个名副其实的史前洞穴，陶醉在这女人的思绪里，这个和我睡在同一个房间里的女人，我看着她，目光中的怜悯、柔情和愤怒化成了旋风，在这旋风里我丧失了对事物的感觉和耐心，我对自己的命运和计划也越来越陌生。这种存在，即使无声无息，有时轻盈，有时沉重，这困难的呼吸，这几乎不会动的东西，这捉摸不透的目光，这戴着防护套的腹部，这缺失的、被否认、被拒绝的性欲，这人活着只是为了在癫痫发作时狂躁扭动，用手指触摸那孱弱而模糊的死亡面孔，然后她重返洞穴，其不悲不喜的思绪被切成了碎片装进黄麻袋里，老鼠曾试图吃掉它们，但不得不放弃，因为它们被涂上了一种有毒物质，得以完好无损。

她睡得很久，起床后就把自己锁在浴室里很长一段时间，给女仆下些指令，然后又把自己与他人隔绝开来。她从不与我的姐姐们打交道，也不接受任何外界的邀请，晚上，当我回到家时，她会低声对我说些感谢的话，好像她欠着我什么似的。

我的姐姐们从来都不能理解这场婚姻的意义。母亲不敢和我谈论这件事。而我则尽我所能处理好父亲留下的烂摊子。

渐渐地，顾虑和失眠又侵袭了我。我想在不伤害法蒂玛的情况下摆脱掉她。我把她安置到一个离我房间很远的房间，使自己慢慢地开始讨厌她。而我才刚刚启动计划，计划便搁浅了。这个女人，因为身残，她比我料想的更强大、更坚韧、更认真。我想利用这个女人来完善我的社会形象，但是她更懂得如何利用我，几乎把我拖入她深深的绝望中。

我写下这些字句，但我不能肯定，因为对于事实真相，我并不是完完全全了解。这个女人特别聪慧。所有她缄口不言的话语，一切她省去不提的言辞，都化为她不可动摇的信念，坚定了她的计划。她已经放弃了自己的生命，坚决地迈向死亡，走向缓慢而来的灭亡。不是突如其来的死亡，而是向天际后方巨大的沟坑倒退着行进。她不再服药，吃得很少，几乎不说话。她想死，想带着我一起堕入她的深渊。晚上，她会闯入我的房间，赖在我的床上直至癫痫发作。她会拉扯着我的胳膊，直到我倒在她身侧，或者用尽她所有力气勒我，来发泄她体内蠢蠢欲动的恶魔。这种情况每次都会比前一次持续更长时间。我不知道该如何做出反应，也不知道该如何避免这痛苦的场景。她告诉我，我是她唯一的依靠，是她唯一爱的人，她希望每一次堕落时我都能够陪伴在她身边。我不明白，直到有一天她趁我睡觉时钻到我床上，开始轻轻地抚摸我的下腹。我吓得一激灵一下子就醒了，猛地推开她。我很生气。她第一次笑了起来，但这个笑容并没有使我安心。我无法忍受她了。我想让她死。我抱怨她是残疾人，抱怨她是女人，抱怨她的存在，但她之所以会出现在这里，罪魁祸首是我的意志、我的邪念、我的算计，还有我恨我自己。

一天晚上，她对我说话，她的眼睛紧紧盯着黑暗中的活板门，神色宁静，面色苍白，她瘦小的身躯在床的一隅蜷缩成一团，双手冰冷，手反而比平时更柔软，她微微一笑对我说道："我一直都知道你是谁，这就是为什么，我的妹妹，我的堂妹啊，我来到这里，在你身旁死去。我们都是出生便躺在枯井井底石头上的，在一片贫瘠的土地上，被无爱的眼神包围着。我们是女性，于是便是残疾的，又或者说我们之所以是残疾的，因为我们是女性……我知道我们的创伤……这是我们所共有的，很常见的……我要走了……我是你的妻子，你是我的夫人……你将会成为鳏夫，而我……这么说吧，我是一个错误……一个不是很严重的错误，一次小小的、徘徊不前的失误……噢，我说得太多了……我都快疯了！晚安……回头见！……"

很久以后，一个来自别处的声音会说："再一次吞噬我吧，请接纳我的畸形，用你那悲天悯人的无底洞。"

8 反抗到底

于是，他成了鳏夫！朋友们！这段时光是他生命中一段痛苦的、混乱困窘的不可理喻的插曲。

"不！这是必然的。"观众中的一名男子反驳道，"他是靠这个可怜的残疾女人来使自己放心，强化自己的角色。这让我想起了上世纪末发生在我国南部的另一个故事。让我简单地和大家说说：一个关于真正首领的故事，一个可怕的人，他自称安塔尔；他是一个冷酷无情的将军，一个野蛮人，各部落和各国都知道他的名号。他指挥着他的部下，但他从不会大声叫喊，也不会表现出烦躁激动。他细声细语地发号施令，与他所自称的完全相反，但也从来没有人违抗过他的命令。他拥有自己的军队，抵抗占领者，从不质疑中央当局。他令人敬畏，备受尊敬，他不能容忍手下有任何软弱的行径，他驱逐腐败者，惩罚受贿行为，行使个人权力和私人正义，但从不专横武断，他将他的思想和他的严厉进行到底。简而言之，他是楷模，拥有传奇般的勇气，这个男人，这个与他的步枪一起睡觉的神秘安塔尔，人们在他死的那天才发现，危险和力量竟然是寄居在一个女人的身体里。在他去世的地方人们为他建造了一座陵墓；如今他成了一位（男）圣人或一位（女）圣人；这里成了流浪漂泊的隐士之墓；那些离家出走的人敬仰他，有些人选择了背井离乡，因为他们备受质疑，他们想要寻求真理内在的面目……"

这时，说书人插话进来，笑着说："是的，朋友，我也知道这个故事。它发生了，或许有一百年了。一个'孤独领袖'的故事，所有亲近他的人都为他着迷。有时他会蒙着面纱出现；他的部队以为他想出其不意；事实上，他把自己的夜晚献给了一个外表粗犷的俊美男子，一个流匪，他身上带着一把匕首，用以自卫或自尽。他住在山洞里，时间都花在吸食大麻和等待夜晚的美女之上。当然，他从来都不知道这个女人只有在他的身体下，只有在他的怀里才是一个女人。女人给他钱。他拒绝了；她告诉他可以去哪里入室行窃，并向他保证绝对安全，随即女人消失了，之后在一个没有星星的夜晚再次出其不意地现身。他们很少说话，他们的身体交织一起，守护彼此的灵魂。据说，有一天晚上他们吵架了，因为在做爱时，她把男人放倒后占了上风，并佯作鸡奸。他被激怒了，怒吼狂叫着，而女人用她所有的力量控制了他，把他的脸压在地上，使他动弹不得。当男人成功挣脱时，他拿起匕首，但女人速度更快，直接跳到他身上，把他推倒；倒下的时候，那匕首碰到了他的手臂；他痛得哭了起来，她朝他脸上吐了一口口水，猛地一踢他的睾丸，然后离开了。一切就都结束了。她再也没有回来看过他，那被打伤的强盗发了疯，离开了洞穴，在清真寺门口徘徊游荡，爱恨交织，病入膏肓。他一定是在人群中迷路了，或者被颤抖的大地吞没了。至于我们的领袖，他无疾而终，在睡梦中英年早逝。人们为往生者脱去衣服以擦洗身子，并为他盖上裹尸布时，人们惊讶地发现，她竟是一个女人，她的美貌突然展露人前，如同那被隐藏的真理本质，如同在黑暗和光明之间摇摆的谜团。

"这个故事在全国各地广为流传，超越了时间。如今，它终于传到我们耳中，在某种程度上多少有点变样。这不就是那些与最上游的泉水一起流淌、流传的故事的命运吗？这些故事比人更长寿，为我们的日子增色添彩。"

"但在法蒂玛死后，我们的主人公经历了什么？"只听一个声音插话道。

他变得很悲伤，比以往更悲伤，因为他的整个生活就像一张皱裂的皮，因为他得不断地蜕皮、蜕变，戴上一副副面具。他回到自己的房间，把管理权委托给一个忠仆，自己则开始写一些含混晦涩或不堪卒读的东西。就在这个时候，他又收到了匿名来信。这些信都有着同样的文风，细腻、讲究、神秘。这个来自远方的声音，从未署名的人，帮助他活下来，也帮助他思考自己的境遇。他便与这通信人保持着亲密联系；他终于可以说话了，说真话，不戴面具，自由自在地生活，即便这自由极其有限还受到监视，欢欣地生活着，即使这欢乐只存于内心无法吐露。以下就是他在法蒂玛去世后收到的信：

"4月8日星期四。朋友，我知道，我能感觉到您内心的伤痛，我早在那个可怜的女孩去世之前就知道您日子里的哀伤。您认为您有能力行使残暴，起初您是对自己的躯体施暴，在上面留下道道伤痕，您又让自己的生活变得暗无天日。出于骄傲抑或野心，您把不幸带到了您的至爱亲朋中，您没有把它当作乐趣，而是把它变成了危险的游戏，在其中您丢失了众多面具中的一张。您想要这份联姻不是出于同情可怜，而是出于报复。在这儿您犯了一个错误，您不该把您的聪明才智用于阴谋诡计，它也配不上您的雄心壮志。请允许我出于真诚和友好而告诉我的感受：这种情况不论对谁来说都过于艰难了，但我认为对您来说不会。这个女孩曾是个溺水者，很早以前就开始堕落沉沦了。您来得太晚了。现在，您把自己与世隔绝在这个被书籍和蜡烛包围的房间里，有什么意义呢？您为什么不走上街头，把面具和恐惧抛在脑后？我把这些告诉您，我知道您在受苦。我，认识您，观察您很久了，已经学会了读懂您的心，尽管我们相隔遥远，不可能相见，但您的忧郁我感同身受。您现在究竟要做什么呢？您知道我们的社会对女性有多不公平，您知道，一个人想要按照自己的选择和愿望去生活，就必须得拥有权力。您喜欢上了男性特权，而且也许在不知不觉中，您忽视和轻视了您的姐姐们。她们恨您，只等着您离开。

"您不爱您的母亲，也不尊重她，她是一个正派的女人，一生只是顺从听话。她一直在等待您，希望您回来，回到她的怀抱，回到她的爱中。自从她的丈夫死后，她被疯狂和沉默蹂躏，而您已经忘记了她；她正因您的抛弃而死去，她失去了听力和视力。她在等着您。

"我也是，我也在等您，但我更有耐心。我对您和您的命运留有足够的爱……回头见，朋友！"

这封信使他感到不快。他觉得自己遭到了审判，并受到了严厉批评。他试图中断信件往来，但想要了解和解释他身上到底发生了什么事情的愿望战胜了沉默和自尊。

"星期六晚。您最后一封来信让我感到很不舒服。我犹豫了很久才给您回信。谈及我的孤独，您不仅仅是我的知己，更是我孤独的见证者。孤独是我的选择，也是我的地盘。我栖身在那，就像一个留在我身体里的伤口，拒绝愈合。我说我活在其中，但回想起来，正是孤独与它所带来的恐惧，它压抑沉闷的静默，它咄咄逼人的空虚，使我选定它作为我的领土，作为我安宁的居所，在那里幸福有着死亡的味道。我知道我必须在那里生活，并且毫无希冀期许；时间渐渐改变并坚定了这一必要。我想告诉您，这是一个超越责任或灵魂性情的问题。也许有一天，如果我们的面孔相遇了，您就会明白的。

"自从我回到这个房间，我从未停止在沙地上前行，在那样一片沙漠里，我看不到出路，地平线充其量是一条蓝线，永远是流动的，我梦想着越过这条蓝线，在草原上行走，漫无目的，不考虑可能发生的事情……我行走，以便脱去皮囊，清洗自己，摆脱一个一直萦绕在我心头而我从未谈论过的问题：欲望。我厌倦了它在我体内的种种暗示，而我既无法推开它也不知道如何化为己有。拥有一张不属于我的脸和一种不可名状的欲望，我将继续深感悲伤、无以慰藉。

"最后，我想告诉您为什么您的信让我心灰意冷：您突然陷入道德之中。如您所知，我厌恶心理学和一切滋生助长内疚感的东西。我以为穆斯林的宿命（它存在吗？）使我们不会有这种狭隘的、庸俗而又臭气熏天的感觉。我给您写信，同意与您进行书信对话，并不是为了复刻社会道德。我经历的巨大磨难只有超脱了心理学微不足道的图表才有意义，那些图表声称知道并能解释为什么女人是女人，男人是男人。我的朋友，您要知道，在我们国家存在的家庭里，父亲为一家之主无所不能而女人被归为附属品，只拥有男性留给她们的一点点权力，家庭，我拒绝、弃之、深恶痛绝，我把它包裹在迷雾中，不再承认它。

"我就此打住，因为我感到愤怒在我心中升腾，我无法在同一处伤口中让悲痛与愤怒共生，悲痛让我活下去，而愤怒扭曲了我思想实质和目标的意义，尽管这目标已迷失在沙漠或草原中了。我现在就要离开您了，回去看我的书，也许明天我会打开窗户。再见。我的孤独伴侣！"

朋友们，我读到此处合上书，敞开心扉，呼唤我的理性：在这段禁闭的日子里，人们不再看得到他。他把自己锁在楼上的房间里，常常用字迹潦草或古里古怪的小纸条与外界沟通交流。母亲不识字。她拒绝参与这个游戏，并扔掉了儿子写给她的纸条。男人很少会给姐姐们写信，其中三个姐姐已经不住在原来的大房子里。她们已经结婚，只是偶尔才来看望她们苦难的母亲。艾哈迈德并不在场，他成了隐形人，但他仍旧统治着这个家。人们感受得到他在这所房子里的存在，诚惶诚恐。说话的声音压得很低，生怕打扰到他。他在楼上，不再出来，只有年迈的玛莉卡才能够推开他的门，照料他的起居。玛莉卡也就是那个看着他出生的女仆，艾哈迈德对她保有着一点温柔。她会给他带来食物（她甚至会偷偷地给他弄点酒和大麻），打扫他的房间和隔壁的小淋浴间。当她进来的时候，他会用床单把自己完完全全盖住，坐在小阳台的一把椅子上，从那可以俯瞰老城。当她离开时，她会把空酒瓶藏进袋子，含糊不清地做着祈祷："愿真主保佑我们免遭不幸和荒谬"。或者："愿真主让他重获新生，给他带来光明！"他就这样培养出了无形的力量。没有人理解这隐居的意义。本可揣想其意义的母亲被其病态的身体和摇摆不定的理性所困扰。他把所有的时间都用在刮胡子和拔腿毛上了。他希望他的命运出现一个决定性的变化，命运总该赐予他一个吧。为此，他需要时间，他需要大把大把的时间，他同样需要一双他者的眼睛来观察他的脸庞和身体，或不断变化，或回归本源，或回归自然的法则中去。尽管有些恼火，他还是继续与这位匿名朋友保持通信。亲爱的同伴们，请允许我再次打开这本书，给你们读一读：

"4月13日星期二。朋友，我再也不会和您讨论您的家庭问题了。如果我没有尽到谨慎行事，那是因为我泛滥的情感在折磨我，困扰我。为什么我会卷入这场通信，交流的每一句话都会使我们的迷宫更加复杂，我们蒙住了眼睛，在迷宫中摸索前行，或许我们永远也不会相遇？

"我是，并且一直都是直觉很准的人。当我发现自己一直在追随您，我知道正是这种强烈而又难以言喻的感觉指引我如此。我从远方注视您、观察您，被您身上所发出的波所触动（肉体上的感动）。您可能不相信这种交流方式，但我马上就知道我在和一个与众不同的人打交道，他错位了，离开了他的存在，他的肉体。我感觉得出来，从生理方面来讲，您和其他男人都不一样。我的好奇心已经变成了一种激情。我的直觉压迫着我，促使我在探索的道路上越走越远，并且一步步靠近您。我写了很多封并没有寄出给您的信。每一次我都犹豫不决，问自己我有何权利让我的问题纠缠着您，为什么强行要恢复您的最初形象和本来面貌。

"我怎么可能以其他方式接近您，因为我要对您说的话在我们这个社会是不能说的，特别是不能在公开场合说。我迫不及待想听听您对我刚刚坦白之事有何感想。我们的书信关系如今已介于共谋，它把我们牵扯到了一起，拿我们的未来下赌注。

"最后,我想在黎明时分给您读一读13世纪神秘主义诗人伊本·法里德[1]的诗句:

"如果黑夜将你笼罩,把你埋葬在它们的孤独中[这些住所]

愿你带着希望在它们的黑暗中点亮火光……

祝好。"

---

1. 伊本·法里德(1181—1235),被尊为阿拉伯最伟大的神秘诗人。

9 "像建房子一样塑造一张面孔"

在我继续阅读日记本之前,我想对那些关心其他家庭成员命运的人说,在不幸的法蒂玛去世后,我们的主人公丧失了对大小事宜的掌控,他闭门不出,不再出现于人前。人们怀疑他促成了妻子的离世,两方家庭成为永远的仇敌。

衰败慢慢显露:大房子的墙壁开裂了,院子里的树木因无人照料而枯亡,母亲把破败理解为上天对她背弃神的旨意而施加的报复,她陷入了无声的疯狂之中,留在家里的女儿挥霍着遗产,试图以某种方式伤害她们那个躲藏起来的弟弟,但这个弟弟却是她们不可触及的;他看不见,但他仍旧统治一切。到了晚上,人们可以听到他的脚步声,但没有人见到他。门窗紧闭,幽禁着沉甸甸的秘密。他已经养成了习惯,在门口挂上一块学生写字板,用白色粉笔在上面写下一个想法、一个词、一节《古兰经》经文或一段祷告词。他在跟谁以这样的方式说话?玛莉卡不识字。他的姐姐们从未敢上楼到他的房间里去。但每一天或几乎是每一天,他都有自己的想法,自己的色彩,自己的音乐。

另一天,写字板上写着这节经文:"我们属于神,我们要皈依于他。"他用小字补充道:"如果我愿意的话。"异端邪说!简直就是异端邪说!兄弟们!从这个阶段开始,他不断发展,愈发孤独,直到孤独成为他的目标和伴侣。他不时会受到诱惑，会想放弃孤寂而走出去，想在疯狂和毁灭性的狂怒中推翻一切。即使读着他的日记和通信，我也不确定将会发生什么。

"4月15日。我已经够尽力了。现在我正尝试着放过自己。这对我来说是一场赌博。我差点就输了。做个女人，意味着一种所有人都可以将就的天生缺陷。做男人，则是假象，是暴力，一切都天经地义，享有特权。生而为人，同时是男人和女人，是一种挑战。我太累了[1]，太累了[2]。如果不是为了这具有待修补的身躯，这块破破烂烂还待缝补的旧布，这副早已低沉嘶哑的嗓音，这平坦的胸膛，这受伤的眼神，这受到束缚的灵魂，这圣书，这蜘蛛洞穴里说出的话（蜘蛛洞穴成了一道屏障，起了保护作用），这令我身心疲惫的哮喘，这令我远离房间的大麻，这挥之不去的忧伤……我会打开窗户，爬上最高的墙，攀及孤独之峰，我唯一的居所，我的避难所，我的镜子和我的梦中之途。"

"4月16日。有人说，'声音在孤独中发出的回响是不一样的！'那么，人在与世隔绝的空荡荡的玻璃牢笼里该会怎样的自言自语呢？以一种低沉的声音，一种来自内

---

1. 原文 las，阳性形容词，指男性口吻疲倦。
2. 原文 lasse，阴性形容词，指女性口吻疲倦。

心的声音,它是如此低沉,如此深沉,以至于回响出尚未形成的思绪。

"我习得了一种沉默,它会时不时藏匿起来,让位于我隐秘思想产生的回响,我那些古怪的想法都让我自己大吃一惊。"

"4月16日,晚上。我在浴缸里睡着了。我喜欢水蒸气,喜欢覆盖在我牢笼窗户上的雾气。我的思绪在自娱自乐,在水蒸气中稀释散开,像市集上的小火花那般跃动。在这种舒坦而放松的状态下,所做的梦是柔和而又危险的。一个男人走了过来,他穿过迷雾和空隙,把手放在我满是汗水的脸上。我闭上眼睛,任由他在温热的水中胡作非为。他随后把他那沉重的手放在我的胸上,它苏醒了,这时他把头浸入水中,搁在我的下腹,亲吻我的阴阜。一股如此强烈的感觉使我失去了知觉,差点淹死在水中。水灌入我微张着的嘴,我醒了过来。

"我浑身上下都在颤抖。我起身,擦干身体,回到床上,重拾起我的书和我的执念。"

"4月17日,早晨。昨天的梦令我惊魂未定。这是一场梦吗?他真的来过吗?我的抵抗能力不可估量。我已经失去了身体语言,事实上,我从未拥有过它。我应该学会这语言,从像个女人一样说话开始。像一个女人?我为什么要这么说？我是个男人吗？我得走很长一段路，回去，耐心地，追寻回身体本初的感觉，头脑和理性都无法控制的感觉。我该怎么说话呢？又该和谁说话呢？噢，我的那位通信人还没有给我写信。他太严肃了。在未来某天我敢出现在他面前吗？我得给他的最后一封信回信了。可我不想动笔。就这样过几天再说吧。看看他还会不会出现。他就是那个走进我浴室的人。我认出了他的声音，一个内心的声音，那个从他笔迹中透出的声音，斜斜的，如同划掉的字词那般。当我重读他的一些信，全身一阵战栗，就好像他的话语轻抚我的肌肤，触及我身体最敏感的部位。天哪！我需要平静来唤醒这副身体，也是时候把它带回属于它自己的欲望里去了。

"（……）我的意识说了些什么？……我的意识……整整这段时间它什么都没有说……它在别处，像低劣酵母发酵出的面团一样沉睡着……它可以对我的嘴吹气，就像给溺水者做人工呼吸，'你要成为你自己'……它本可以冲出来……可它压在厚重的泥层之下……这泥土使它无法呼吸……我的意识被涂上厚厚一层粉……这很有趣……我明天就可以站在法官面前自豪地向他宣称我要控诉压迫在我意识上、使它透不过气的泥土，这使我无法成为我自己！我仿佛从这里就可以看到法官那张目瞪口呆的脸，他并不比其他人更腐败，但我能从那些以腐败为自然气息的人们当中选出他来……法官，是没有幽默感的，是不会让人产生大笑想法的……而我，如果穿着男人的服饰出门，我就会一路尾随法官，在一个昏暗的大门前堵住他，吻上他的嘴……我感到恶心，所有这些画面都使我反胃。我的唇明明如此纯洁，甚至某一天当它们落在其他唇瓣上时还会避开……它们为什么会粘在其他人的嘴唇上……然而，在梦中，我只看到肥厚的嘴唇四处游走在我躯体上，久久驻留在我的下腹……这让我产生一种无比强烈的快感，于是便醒来了……发现我的手搁在自己的私处……随它去吧……我的意识说了些什么？打开窗户吧，看看面前的太阳吧……"

"4月19日。悲伤的一天，我打开了窗户。天空晴朗。我正学着端详镜子里的自己。我学着审视自己的身体，先是穿着衣服的，然后赤身裸体的。我有点消瘦。我的乳房实在是太小了……只有我的臀部有一些女人味……我决定给我的腿脱毛，为我的回归找到合适的单词。我几乎掌握了这种回归的节奏和速度。这将是白昼颠倒至一个没有星星的夜晚。我将把黑夜织成黑夜，不再看得到白天，它的光，它的色彩和它的神秘。

"我是特技演员的幻想，是钢丝表演者踩过的声音，是魔术师变没的肉体，是先知念出的名字，是鸟儿藏匿的灌木丛……我迷路了，但最近一段时间以来我感觉到自由，是的，自由地做个女人。但是有人告诉我，我也告诉自己,在此之前,我必须重回童年,做一个小女孩,一个少女,一个恋爱中的少女,一个女人……还有多么漫长的路要走啊……我是永远也无法到达那里的。"

"4月20日。我现在自由自在地生活着,自我检视。我觉得自己就像那哲学家的骆驼一样,品位刁钻,欲望也难以满足,就像它说:

如果任由我选择,

我会很乐意选择一块小地方,

在天堂的中心:

更好的话——是在天堂门前!"

"4月20日(晚上)。一封信件的草稿。朋友,您正在变得吹毛求疵、咄咄逼人、焦虑不安。我正处在转变之中。我踌躇不决,像个瘸子一样拖着步子,进行着从我到我的转变。我走着走着,不知道何时何地结束这段旅程。您的信困扰着我。您知道很多有关于我的事情,阅读您的来信,我看着我的衣服一件一件脱落下来。您是怎么得以进入这秘密之笼的呢?您认为您的情感能教授我重新学会生活吗?也就是说,呼吸的时候不想着在呼吸,走路的时候不想着正在走路,不经思考地把我的手放在另一个人的皮肤上,什么也不在乎,如同因单单一束光而激动的孩童一样?……

"我又该怎么给您回信呢,既然我尚未重归自我,只体验过颠倒错乱的情绪,它源自一个被出卖的身体,它沦为一副空洞的躯壳,没有灵魂的……?

"我自愿将自己与外界隔绝开来。把自己排除在家庭、社会和这副我隔居已久的身体之外。您跟我说自己身体的紊乱。这难道不是期待着些什么吗?我的乐趣就是猜测您,随着时间的推移而渐渐摹画出您的面部特征,从您的话语中重塑您的身体;您的声音,我已然认出;低沉、略带嘶哑,当您放任自我的时候则是温暖的……如果我说错了,请告诉我。您从来没有尝试过猜测缺席者的嗓音吗,某位哲学家、诗人或预言家?我想我是认得出我们先知穆罕默德的声音的。我知道他不怎么说话。他的声音平静、沉稳、纯洁;不会受到任何干扰。我跟您谈论关于声音的种种,是因为我的声音经历了如此的转变,此刻我正试图寻找它自然的纹理。这很难。我保持沉默,我害怕我的声音会消失,会到别处去。我拒绝自己大声说话。却听到内心深处的呐喊。每一声嘶吼都是一次自我的沉沦。是下沉,而不是坠落。这近乎一种欢欣惬意。能够喊叫出来并被听见……完完全全滑向自己,滑入这胴体的内部……当我阅读一本书时,我会因听到作者的声音而高兴。奇怪的是,我经常把男人的声音和女人的声音混淆起来,分不清孩子的声音和大人的声音。有时,我感觉您的声音蒙上了女性特质,事实上这完全取决于我是在什么时候读到您的信。当我生气时,当我的目光落在您的一封信上,我听到的是一个女人柔和而让人受不了的声音。您是谁?永远不要告诉我!再见。

"附注:从现在开始,您得把信寄放在我商铺正对面的那家珠宝店。我不再信任我的员工了。我们最好小心点!

"您有没有注意到,此刻的天空是一片奇异的紫色;满月了:所有的谵妄都是可能的……"

"4月22日。我忘了把信交给玛莉卡,让她把它放到珠宝店去了。这段时间我忘记了很多事情。黑暗适合我思考,而且当我的思绪游离迷失时,我紧紧抓住黑暗,就像有人递给我一根绳子让我抓住一样,我摇摇晃晃直到我的内心恢复平静。我需要把所有的精力都集中在一个直到目前为止我都避而不谈的问题上。我甚至都不敢和自己谈论这事。

"在轮回的黑夜中,沉寂和呜咽不相上下。

"我小时候去土耳其浴室洗澡,但那之后,我就再也没有见过女人或男人的裸体。他们中的一些身体出现在我的一些梦中;这些身体触摸我,抚摸我,然后离去。一切都发生在沉睡的秘密中。当我醒来时,我感到有某种东西穿透了我并留下几处划痕,就像我的皮肤被抓挠过,没有疼痛,没有暴力行迹。我从来不会区分人的面孔。是男人的身体?还是女人的身体?我的脑子里只有一些杂乱模糊的图像。当我在外面的世界生活,当我外出和旅行的时候,我注意到这些人对性多么渴望。男人看着女人,石化了她们的身体;他们的每一寸目光都是在撕扯杰拉巴和长袍。他们估量着丰臀肥乳,甘杜拉[1]下是躁动不安的欲望。

"有时我隐约看到我的父亲,穿着衣服,宽松的裤子扯得很低,他对着我母亲射出白色的精液;他俯在她身上,什么也不说;而她,痛苦地呻吟。当时我还小,记住了这幅画面,后来我在我们农场的畜生身上见过类似的画面。我当时是很小,但没有轻易受骗上当。我知道那颜色是精液的白色,因为我在男人的澡堂里见过这玩意。我当时很小,这让我感到很恶心。我看到了荒谬可笑的一幕,便什么都不知道了,我很难受。悲伤没有给我任何喘息的机会。我跑啊跑啊想要借此忘记这个画面,把它埋到地下去,把它埋到一堆石头下面去。可是它又回来了,变大了,变了个样,愈发躁动不安了。父亲的姿势越来越荒唐,他扭动身躯,舞摆着他那松弛的臀部,母亲用她那灵活的双腿环住父亲的脊背,呻吟着,父亲打她好让她闭嘴,她却叫得更大声,他笑了,纠缠在一起的身子滑稽可笑,而我,那时还是个小孩,我就坐在床边,可我太小了,他们都看不到我,我还小但有一定的感知力,我被定住了,被一种强力胶水固定在原地,胶水的颜色和我父

---

1. 摩洛哥传统服饰。

亲射向母亲腹部的精液颜色相同,小小的我,粘在床边的木板上,床在晃动,嘎吱作响;我的眼睛瞪得比我的脸还大;我的鼻子吸入了各种各样的气味;我感到窒息;我在咳嗽,然而没有人听到我……我试图摆脱胶水,站起来,跑去呕吐,躲藏起来……我拼命用力却无法动弹……我用力,我使劲,木板上留下了我一小块屁股的皮肤……我跑起来,屁股在流血,我哭着跑,跑到城门口的树林里,我很小,我感到父亲庞大的四肢在追赶着我,他抓住了我,把我带回了家……我呼吸着,我仍然还在呼吸着……所有这些画面现在都离我们很远了……

"我的头很沉。把它搁在那里。放下它。把它寄存起来;将其放入存放帽子的圆形纸板箱中。将它置于午夜蓝的天鹅绒上。轻轻地。用一条丝巾把它盖住。没有花饰。用一点棉花或一块木头把它垫稳。用手捂住眼睛。仔细地梳理头发,别扯头发。冷静。不要生气。赤着脚走路。小心别吵醒那些物品,一座打碎了的时钟、一只独眼陶瓷狗、一把木勺、一把蹩脚的椅子、一张疲惫的茶几,一块用来在沙漠中沐浴的黑石头,这张床,这些床单,这把靠近紧闭窗户的椅子(这是怀旧之椅),那块祈祷垫……是的,我说到哪儿了?我的头!我想失去它,哪怕只有一次,我也会等,身体蜷缩成一团,我等待着有人把我的头放在浸淫了茉莉香味的玫瑰花束中带回给我……啊!如果我不得不放弃一切阻碍我呼吸和睡眠的东西,我将一无所有……我将一无所有……一个想法……对一些人来说,也许是一个皱巴巴的形象,对另一些人来说,可能是个疑虑。

"已经不再是我穿越黑夜了……是深夜把我拖进它的灵薄狱……"

"4月25日。早餐盘上有一张一折四的纸。我远方的朋友给了我一个信号:

"'要看起来像自己,难道不是要变得不一样吗?'因此,我要离开一段时间。我正在远离您,越来越靠近我自己。我已经沦落到绝对孤独的地步。我是自己家里的局外人,我无关紧要,完完全全可以被忽视。形单影只、孤立无援。我的爱好,您是知道的:拜读几位神秘主义诗人之作以及追随您的脚步……我教授学生什么是绝对之爱。可怜的我啊!我很快会给您写一封更详细的信。

"谨以这春日的光明送上我对您的祝福。"

"仍是这天早晨。我不知道对我来说这到底是机会还是陷阱,我可以起程旅行,漂泊,遗忘。自打我开始离群索居,我都是通过您的所看所写来出行,来观察这座城市。我需要离开这里,去很远的地方旅行。您很清楚,我的故乡不是某个地区,更不用说是某个家庭了。它是一个眼神、一张脸庞、一次邂逅,是一段寂静而温柔的漫漫长夜。我会待在这里,一动不动地等待您的来信;阅读您的信就是离开，就是远行……我将是一个寄存处，您可以把您的航行日志一页页存放于此。我将用友谊、用爱来好好保存它们。我也会写信给您，等您回来后把它们打包成册全部一起交于您。我们将交换音节字句，等待着终有一天我们的双手相合……

"感谢您送来春光。我的朋友，我这里既看不到光也看不到春天，我能看到的只是在不可能的激情永恒轮回中自己同自己对抗。

"祝您旅途愉快！还有，如果您遇到一个泪眼汪汪的孩子，

"要知道，是我的一点点过去在拥抱您。"

"五月。我已经记不清楚确切的时间了。奇怪的是，我的日历停在了四月底。有几页不见了。有只手把它们撕掉了。另一只手选择了它们来施以魔法。拿时间游戏玩弄，留意星宿万象。我的时间与日历上的日子毫无关系，无论这一天结束与否。

"今天早上我有过一个想法，我想领养孩子。一个短暂的突发奇想，很快就落空了。一个孩子？我可以自己怀一个，和谁都无所谓，送奶工、穆安津[1]、洗尸工……随便和谁都行，只要他是盲人就好……为什么不绑架一个英俊

---

1. 伊斯兰教职称谓，意为"宣礼员"。

少年，蒙上他的眼睛，奖励他一个无法看见我的脸但可以对我的身体为所欲为的夜晚？这样做需要同谋，我不想冒着被揭穿的风险。这段时间以来，我的身体有着越来越多的明确欲望，我不知道如何去满足它们。我还有另一个想法，疯狂的想法：和一只母猫一起生活！至少它不会知道我是谁，对它来说，我将是以一个人类的身份而存在的，至少是无性别的存在……

"我选择了暗影和不为人所见。现在，疑虑开始像一道刺目的、强烈的、难以忍受的光射入。我可以容许二重性，直至尽头，但我永远不会把面容置于光天化日之下。

"我得知我的姐姐们已经离开了房子。她们一个接一个地离开了；我的母亲把自己关在其中一个房间里，按照她的所想，正清除着恍如经历了一个世纪般的沉默和禁锢。这座房子非常大。它太破旧了；它正在倒塌、沦为废墟。就是这样，我占据着一端，母亲则占据另一端。她知道我在哪里。我不知道她在哪。玛莉卡服侍我们，帮衬我们，每个人都在经受着自己面临的考验。

"是黑夜中的夜晚还是黑夜中的白昼？我内心深处有些东西在颤抖。这该是我的灵魂罢。"

10 被句子吞噬的说书人

我忠实的伙伴们啊！你们当中没有多少人和我一样关注这男人故事的进展，但到底有多少人并不重要。我知道为什么有些人今天早上没有回来听故事：他们不能忍受我们主人公身上那一点点的异端。他胆敢自行理解经文。但他身不由己。他的命运一早被改写了，如果说他在经历危机时会随随便便取用一段经文，只是一段经文罢了，让我们原谅他如此的作为吧！再说，我们不是他的审判者；神会审判他的。

某个东西或某个人阻碍着我们，无论如何，一只沉重而安心的手将我们彼此捆绑在一起，为我们带来坚韧之光。晨风为体弱者带来健康，为信徒打开大门；此刻它翻动书页，一个又一个的音节接连着被唤醒；句子抑或经文升腾起来，驱散了等待的迷雾。我喜欢这股风，它笼罩着我们，带走我们眼中的睡意。它打乱了文字的秩序，赶走了粘在油腻书页上的虫子。

我看到一只飞蛾从手写的字词间逃逸而出。它带走了一些无用的图像。我看到一只燕子正尽力从文字稠液中脱身，那上面涂了一层稀有的油。我看到一只蝙蝠在离书尚远的地方拍打翅膀。它宣告着一季的结束，也许是一个时代的结束。这风使我陶醉，书页就在风中一页页翻过；把我带到山顶上去；我坐在一块石头上，眺望这座城。所有人似乎都睡着了，仿佛整座城是一片无边无际的巨大墓地。而我，在这个可望而不可即的地方，只有我厮守着这本书和书中的居民。我听到了水流潺潺声；也许是一条小溪在书页中找到了它的路；它流经所有章节；而水并没能抹去所有的句子；是因为墨水在抵抗，还是因为流水自己选择了它的经行之道[1]？这让人很是好奇！我经常梦见一只手，它能翻阅成书的纸页，整理作品的内容，抹去无用浮夸、空洞多余的词句！

事件从四面八方涌入侵占着我的意识，纷繁杂乱但并非毫无意义。这份我想读给你们听的手稿，每次我试图打开它，把它从毒害了许多鸟类、昆虫和图像的文字中解放出来时，它都会散架会变得支离破碎。它是零碎的，它占有我，使我迷恋，并把我带回你们这些耐心等待的人身边。这本书是这样的：一所房子，那儿的每一扇窗户都是一片街区，每一扇门都是一座城市，每一页书都是一条街道；它有着一座房子的外观，一座剧院的布景，在那里，人们可以在两扇窗户之间铺开一张蓝色的床单，挂上一个点亮的灯泡，于是月亮创造出来了。

我们将要住进这个大房子。太阳初升，黎明喧嚣。一切都正常；这正是写作的时刻，此时，屋子里的房间、墙壁、街道和地板都躁动不安，或者更应该说，文字的制造引来躁动，文字纷至沓来，叠堆垒砌，然后铺展开来，按一定顺序排列，每个字词，原则上来说，都适得其所；这是热火朝天、往复来回和骤然下落的时刻。这是庄严的时刻，每个人都静心沉思、冥想、记录下音节所敲打出的符号。这所房子保有宁静的外墙，

---

1. 原文 passages（复数）在法语中既可以表示通道、经行之道，又可以表示（文艺作品等的）段落、章节。

隔绝了内部的骚动。我们将出现在内院的围墙里，在圆形广场上，以圆圈为起点，延伸出的街道数目等同于我们一同讲述故事度过的夜晚，我们要讲述故事才不会被故事的洪流所吞没，无论如何，在黎明到来之前，决不能加入洪流！我们需要些许喘息的时间来呼吸和回忆。

现在，我们之间就只有彼此了。我们的主人公就要起床了。我们看见他，他却看不见我们。他以为自己孤身一人。他并不觉得自己被人窥视。这样更好。让我们倾听他的脚步，跟随他的呼吸，揭开他疲惫灵魂的面纱。他还没有收到他那匿名通信人的音信。

11 拥有女人乳房的男人

我隐居的时间够长了。我必须超越我给自己设定的界限。现在，我是谁？我不敢看镜子里的我。我的皮肤、外貌和外表都是怎样的状态呢？太多的孤独和沉默使我精疲力尽。我被书籍和秘密包围。今天我想要解放自己。究竟把自己从什么地方解放出来呢？从我蓄积的恐惧中解脱出来？还是从我用来当作面纱和遮布的这层薄雾里解放出来呢？还是从我与我体内的另一个我的这种关系里解放出来呢？另一个我也就是那个写信给我，让我奇异地以为我仍然属于这个世界的我。还是把我从命运或人生之初的见证者手中解救出来？死亡这一想法对我来说太熟悉了，以至于我无法将其作为庇护。于是我就离开了。该是到了重生的时候了。事实上，我不会有多大改变，而只是回归我自己，就把我捏造出来的命运开始转动并将我卷入洪流之前。

出来。破土而出。我的身体会掀开沉重的命运之石，宛若新生般挺立在大地上。啊，一想到逃离这段记忆我就欣喜。我早已忘记了喜悦！想到我将亲手开辟出一条通往一座山的道路，我是多么欣慰，多么高兴啊！我知道！我花了很长时间才走到这扇窗前！我感到很轻松。我应该欢呼还是歌唱？离开并放弃这一团糟的生活，就像有人突然弃之而去一样。我的生活就像这张床，就像这些床单，被精疲力竭、漫漫长夜和强加于我身上的孤独而弄得皱巴巴的。我要离开了，留下这一团乱，什么也不整理，不带任何行李，只带上钱和这份手稿，这是我芸芸苦难中留下的唯一的痕迹和见证了。我已经写完一半。我希望可以在剩下的一半写出一些更为快乐的故事。我将把邪恶的野兽拒之门外，书页向蝴蝶和野玫瑰敞开。手稿会安睡在更柔软的床上，文字不再是鹅卵石，而是无花果叶。它们会随着时间推移而风干，但不会失去色泽也不会丧失香气。

我摘下胸前的绷带，抚摸下腹，久久不语。我没有任何快感，或许我有些强烈的感受，就像一股电流窜过。我知道回归自我需要时间，我知道我必须改造我的情绪，摒弃以往的习惯。仅仅靠隐居一隅是远远不够的；正因如此我决定让这个身体迎接冒险，我决定上路，去到其他城市，去往其他地方。

我的第一次相遇就是一场误会。那是一位老妇人，是个乞丐或是个女巫，一个狡猾的流浪者，衣衫褴褛，裹着各种颜色的破布，她眼神犀利，目光令人不安，她站在我的面前，站在一条小巷中，这巷子又狭窄又昏暗，人们因此称它为 Zankat Wahed，意为"独身小道"。她挡住了我的路。这并不困难。她所要做的不过就是横在路中，张开双臂，就好像要抵住墙壁。她把光线遮住了，空气也无法流通。就这样，在迈出不戴面具的第一步，我的身体——想做杰拉巴遮盖下平凡无奇的身躯，面临着晨间的考验，面对一张饱经风霜、毫不妥协的脸。

她的问题很尖锐：

"你是谁？"

我本可以回答一切的问题，编造、想象出一千种答案，但这个问题却是唯一那个例外，唯一会使我烦乱不安并让我简直无话可说的问题。我不打算详述细节，也不打算告诉她我的生活是什么样的。不管怎么说，那老妇人在怀疑着一些事情。她的目光并不无辜。这目光在探究着什么，揭开表象，设置考验；怀疑的同时知晓一切。它在寻求确认。它在验证，而且越来越不耐烦。又问了一遍，口吻照样专横：

"你在杰拉巴下面藏着什么，一个男人还是一个女人，一个孩子还是一个老人，一只鸽子还是一只蜘蛛？回答我啊，否则你将无法离开这条街，况且这并不是一条街，而是一条死胡同；我有出去的办法，我能穿透穿越小巷的空气和光线。"

"你知道我是谁，那就让我过去吧。"

"我知道什么对你来说并不重要！但我想听听你怎么说，听你说说你到底是谁……我想要知道的不是名字，我渴望知道背后不可见的东西，你隐藏的东西，你禁锢在胸腔里的东西。"

"我自己也都不知道这是什么……我刚从一个漫长的迷宫中走出来，在那里，每一个问题都是一种灼伤……我的身体伤痕累累……然而，这并不是一具经历丰富的身体……我才刚刚从黑暗中苏醒……"

"是黑暗中的昏暗还是黑暗中的暗影？"

"孤独，沉默，可怕的镜像。"

"你是想说激情……"

"唉，是啊！浓重孤独中的自我激情。"

"那么既然你不能说出这个身体的名字，就把它展示给我看看吧。"

我正犹豫不决时，她冲向我，用她强有力的手撕开了我的杰拉巴，然后扯开我的衬衫。随即我两个小小的乳房出现了。当她看到这一幕，脸色变得柔和，一道不安的光照亮了她的脸，糅杂着欲望和惊讶。她的手轻轻地抚上我的胸，把头凑近，嘴唇搁在我右胸的乳尖上，亲吻它、吸吮它。她的嘴里没有牙齿；嘴唇如婴儿般柔软。我就这样任由她摆布，然后又猛地作出反应，我用尽全身力气把她推开。她倒下了，我逃走了，试图重新拉上我的杰拉巴。

这次相遇没有后续，至少目前还没有。然而，接下来发生的事情让我非常不安。应该谈谈这件事吗？我很难做到把它写下来。我是说，我感到羞耻。一想到那一天，我的脸颊就涨得通红，当时一切都涌上我的脑海，我的情绪都在发颤。那张没有牙齿的嘴轻轻抚过我的乳房，即使也就只持续了几秒钟，我的身体感到了快感。我羞于承认这一点。晚上，我睡在一间豪华酒店的房间里，尝试着忘却这一切。但我被那张堪称丑恶的脸紧追不舍，它对我微笑，似乎在提醒我另一种生活中的记忆。这女人步履蹒跚。我之前没有注意到这一点。她的声音对我来说并不是完全陌生的；是我童年的一部分。于是，我那癫疯又失忆的母亲的面孔整晚都压迫着我。它逐渐取代了老妇人的面孔，而我陷入痛苦之中。我用官方身份办理了入住手续。但我注意到门卫疑虑的目光。我的话还没有说完。我躺在床上，一丝不挂，试图让我的感官重获它们先前被禁止享受的快感。我长久地抚摸自己的乳房和阴唇。心里一团乱麻。我很羞耻。发现身体必须经由我的双手和下腹的邂逅。我的手指轻拂过我的皮肤。我满头大汗，浑身颤抖，我仍然不知道是出于快感还是厌恶。我清洗了下自己，然后站在镜子前端详这具身体。镜子上形成了一层薄雾，我看不清自己。我喜欢这种模糊又朦胧的形象；它与我灵魂所沉浸的状态相适。我剃下腋毛，喷上香水，回到床上，仿佛在寻找一种被遗忘的感觉又或是一种解脱的情绪。自我拯救。

在镜子前爱抚成了一种习惯，成了我的身体和其形象之间的一种盟约，一个埋藏很久的形象，只有手指若有若无地触碰我的皮肤才能唤醒它。我喜欢在爱抚前后写作。我经常灵感枯竭，因为我发现伴有画面的爱抚来得更加强烈。而我不知道该去哪里寻找这些图像。自己去创造几个不过是徒劳之举，有时我感到失灵了，在白纸前一待就是好几个小时。我的身体就是一页一书。要想唤醒它，我必须给它喂食，用画面把它包围，用音节和情感把它填满，在万物的柔情中养护它，并给它以梦。

我再一次闭门不出。我无法忘记初次的邂逅。它使我着迷，也使我惶恐害怕。但是无论如何，我都不应该反悔我作出的决定。与家人断绝关系是顺理成章的。必要的。有用的。与自我的决裂则并非必须，甚至不符我强加给自己的理序。事实上,我几乎不会怀疑命运的暴力,我随遇而安,迎难而上。

我不再记得我曾出现在哪个城市。我现在能记起的有大海和非常古旧的城墙,漆成蓝色和粉红色的渔船,铁锈和时间一道侵蚀了的船只,一座珍稀鸟类聚居的海岛,一座禁忌之岛,城门口的隐士经常有不孕的妇女来叨扰,城里有白色的街道,开裂的墙壁,昏昏欲睡的犹太老人坐在大咖啡馆的露台上,是穆斯林教区最后一批犹太人,还有衣衫褴褛的游客,鬼机灵的孩子,一片海上墓地,摆放在港口边的桌子供人们在那吃烤沙丁鱼。有两个男人在修补渔网,他们盘腿席地而坐,互相交谈,我还记得他们说的几句话:

"这就是时间………"

"时代和主宰它的人……"

"女人……"

"她们不再是女人……她们在之外……她们在其中……她们的眼睛睁着……腰带紧系着……"

"这网还有它的一针一线一点用也没有……"

"那男人呢?"

我忘了另一个人回答了他什么。也许什么都没有。只剩下充斥着海浪和风动的寂静。

或许就是在这座夜雾笼罩的城市,我遇到了乌姆·阿巴斯。她来找我,仿佛是被派遣而来。那是一个炎热的夜晚开始的时候。当时,我站在镇上唯一一家咖啡馆的露台上,她把手放在我的肩头。她对我说：

"先知的一个同伴让我得以追随上你的脚步。我已经找你找了很久了。什么都别说。让我猜猜你想说什么。"

我目瞪口呆，宁愿保持沉默。她抽出一把椅子，在我身边坐下。丁香籽的气味扑面而来；这本是一种令人厌恶的气味，更何况还夹杂着汗味。她向我靠过来，对我说：

"我认识你。"

我试图移开一点，但她抓住我，把我囚禁起来。喊叫吗？没有。求救吗？可为什么求救呢？她放开我的手臂，用坚定的语气对我说：

"你要跟着我！"

我甚至没有假装反抗，我可以逃避这召唤吗？有可能逃避这命运吗？然后，也许这就是冒险的起点。

这位老信使的样貌是怎样的呢？她的脸该被赋予什么样的形象呢？是善良的、恶毒的还是邪恶的？这么说吧，她突出的门牙碰到了淤青的下唇，额头很小，布满纵向的皱纹，脸颊凹陷，但她的眼睛闪耀着智慧的火焰。

我有的是时间，决定任她摆布，任由事情发生。我默默地跟着她。当我走到一条昏暗的小巷时，她把我逼到墙边，开始对我搜身。我很快意识到，她不是在寻找金银珠宝。她的手摸着我的身体，好像在确认某种预感。我的小乳房一点也没有使她放下心，她随即将手滑进我的裤子，在我的下腹那儿停了一会儿，然后将她的中指伸进我的阴道。我疼得厉害。大喊一声，她用另一只手捂住我的嘴，把我憋得喘不过气来，然后对我说：

"我有个疑问。"

"我也是！"我含糊地附和道。

马戏团建在城市出口处，紧挨着的是大广场，历经多年演变的说书人和耍蛇人在一大群忠实的观众面前表演。

有一大群人聚集在舞台前，一名主持人煽动大家买彩票；他对着无线话筒喊着套话，夹杂着法语、西班牙语还有几个英语单词，甚至还有一种人们想象中的语言，熟谙各种骗局的杂耍人的语言：

"来啊……来啊……一百万……一百万……彩色电视机……彩色电视机……梅赛德斯车……来啊！千元呢……三千元……千元……转啊……转盘转起来……哎哟喂！耶稣啊……奥马尔啊……就剩下一张彩票了……哎哟喂……再来次……冒险……转盘转动……但是首先……首先你们会看到听到……我们有请美丽的玛莉卡……她会演唱法里德·阿特拉什[1]的歌曲，并献上舞蹈！玛莉卡！！"

玛莉卡从摆放物品和抽奖奖品的架子后面走了出来。她有着留了好几天的大胡子和漂亮的唇髭，唇髭落在口红涂得乱七八糟的嘴唇上；玛莉卡穿着一件过时的皮长袍又系上一条用金线编织的腰带，可以看到缠绕胸部的布片松松垮垮。她随着

---

1. 法里德·阿特拉什（1917—1974），叙利亚-埃及歌手、作曲家和演员。

法里德·阿特拉什的音乐跳舞。再往前靠近一点，我们可以看到她毛茸茸的双腿。她一把抢过主持人的话筒，扭动着臀部走了几步。人群中爆发出惊叹声。然而，没有人上当受骗。玛莉卡的的确确是个男人。那种感觉既陌生又熟悉：一种心照不宣把所有人集结在一起，沉浸在欢声笑语之中。这男人跳着女人的舞，一边唱着法里德·阿特拉什的歌，他在刺激人群中的男人，抛出一个个媚眼，送出一枚枚飞吻……

我早就听说过这样的马戏团表演，男人扮作舞女，却不是真的把自己当女人，所有一切充斥着嘲笑，毫不模棱两可的嘲笑。甚至还有一个著名演员，有着明显是男人的声音和外表，特别阳刚，而他只演女性角色，主宰男人的泼妇，他因此显得滑稽可笑。他的名字叫布·沙伊卜，没有任何光彩可言。在他去世后，他的长子试图接替他的角色，但没有成功。

阿巴斯，老妇人的儿子，走到我跟前，挥手示意我跟着他走。玛莉卡不再跳舞，而是在舞台上整理起他胸前的破布。他嘴角叼着烟，眨着眼躲避烟雾。阿巴斯是主持人，也是马戏团老板。和我说话时，他不再发大舌音：

"我们是游牧民族，我们的生活里有些令人兴奋的东西，但也充满了绝境与走投无路。一切都是假的，这就是我们的拿手好戏，我们不去隐瞒这些；人们之所以来这里就是为了这虚伪假象，为了玛莉卡而来，她并不是《一千零一夜》中的舞女，而我也不是一个面有伤疤的水手，男人们是为了碰碰运气来这儿抽奖的；转盘有猫腻，他们怀疑，却照旧参与游戏；只有那头抽烟又装死的驴子是真实的；那是一头经我训练过的驴子，我花了很多钱，把它喂得壮壮的。杂技团的孩子都是孤儿，我既当他们的父亲又是他们的兄弟；他们惹我生气，我会打他们，就是这么回事。在这个地方，你要么压迫别人，要么被压迫。所以我选择了压迫他们，而且我确实占了上风。事情就是这样的。要么接受，要么离开。我的母亲虽然长得像女巫，但她不是。她是一位圣人。她管事，读各种各样的卡片，为我找来演员。是她把玛莉卡带到我身边的；但这个白痴玛莉卡抛弃了我们。因为他的妻子威胁说要离开他。他便走了。而正是你来取代他的。我们要改变表演风格：演出的第一部分你假扮成男人，消失五分钟再以致命女郎的样子登台亮相……观众席上的所有男人都会为之疯狂。这将多么令人兴奋啊……我好像现在就可以看到……一场真正的表演，有舞台，有悬念，甚至有一点裸露场面，不是很多，不过是露一条腿，一条大腿……就是可惜了，你没有丰满的胸部……这里的男人都喜欢丰乳肥臀……你太瘦了……不过这并不重要……我们可以在肢体动作上下功夫，令人浮想联翩！明天就开工。有时男人会变得很兴奋，兴奋得朝舞娘扔钞票。你就把它们捡起来，交到我手里。没有什么好商量的！"

在他说话的整个过程中，我什么也没说。我很惊讶好奇，也为之着迷。我摇摇晃晃、慢慢地浮现出来，我变成了应该成为的样子。我打了个哆嗦。就是这样，另一种生命、新的冒险召唤来了一个肉体，这个肉体百感交集。我睡在拖车里。在我四周，我认出了一些瑟瑟缩缩的杂技儿童。那儿有一股混合了稻草和尿骚的土腥味。这味道强烈到我都要晕了。这是一个漫长而沉重的夜晚。梦一个接一个地来。沙漠里那些被烧焦的马头。被红蚂蚁啃噬的摊开的手。没有乐曲也没有和声的歌唱。一个光头独腿男鞭打一棵树。一条上升的道路迷失在了黄昏暮空中。杂技孩童攀爬到彼此身上，层层叠叠，形成了金字塔一样的人链。他们不是在玩耍，而是帮助一位哮喘老人升到天上；他们声称可以把他送到天堂门口。金字塔很高。我看不到它的顶；一朵云遮盖住了它。病人瘦小的身躯从一只手被传递到另一只手上。他很高兴。这就是他心心念念想要的离去之路。他只希望灵魂独自升入天堂。孩子们都笑着。老板用他的无线话筒操控着表演。温柔的死亡，如同鸟儿在天空中迷失了方向。老人递出一块手帕，挥舞着它，祈求最后的救赎。他轻飘飘地，面带微笑。然后是沉默。老板不见了。孩子们一个接一个地下来，手里拿着老人的衣服。任务完成。上次他们把老板的祖父送进了天堂。孩子们说天堂很软。他们把老人放在厚厚的云层上，等着别人的手接过他。他们不能说更多了；无论如何，他们什么都不知道。他们只是组梯子，确保把人运到那里。其余的就不在他们的掌控范围之内了。

这第一个夜晚是漫长的。一定是马在稻草上撒尿的呛人气味激起了我的幻觉，我只记得印象最深刻的几幕。第二天，我想起了一张涂了粉的脸，一张哭丧的男人的脸，那男人用睫毛膏涂抹他浓密的大胡子和唇髭。他无缘无故哭了起来，想要我给他喂奶,如同一个过早断奶的孩子一样哭哭啼啼。当他靠近我时,我认出了他就是那个把我拖进这个故事里的老妇人;她打扮成玛莉卡的样子并真真切切地哭泣。

我被催促,被责骂,我拒绝就这样获得我那份遗忘。

早上我在露天舞台上做了一些尝试。老妇人把我梦里梦见她留的唇髭粘在我脸上,又把一种黑乎乎的东西抹我脸上,就好像我留了把大胡子。她的长袍很旧,最主要的是它非常脏。身上有好多种味道浓重的劣质香水。她叫我扎赫拉·"火焰公主"[1],"爱的公主"。我在表演,听从她的命令;好奇心驱使我更进一步。我可能对这个"艺术家家族"一无所知,但我很希望更多地了解自己。

我并没有忐忑不安。相反,我高兴得发狂,步履轻盈,意气风发。

---

1. 原文为阿拉伯语。

12 那个胡子刮得很差的女人

在那后面,不是舞台的后面,而是这个故事的背后,有一条五颜六色的宽大缎带铺展开来;风鼓吹起带子,它变成了透明的鸟儿;在地平线的尽头飘舞着,想要给这次冒险带来它所需要的色彩和歌声。当风只是夏日的微风时,丝带就会像奔向无限的马一样有节奏地飘动;骑在马上的骑手戴着大帽子,他的一只手给帽子装点上麦穗、几条月桂枝和野花。当他在那边停下时,人们不再区分白昼与黑夜,在这些土地上,石头被孩子涂涂画画,墙壁成了雕像之床,那儿,在那静息沉默里,在多情的少女那独一无二的目光下,他成为一棵守护黑夜的树。清晨,第一缕阳光环绕住这棵树,挪动它,赋予它身体和记忆,然后把它固定在大理石雕像上,雕像的手臂上长满了树叶挂满了果实。周围,是一片白色空间、光秃秃的什么也没有,任何来自其他地方的东西都在此融化,变成了沙粒、晶莹的冰、精雕细琢的小石头。正对着清晨雕像的,是一面老旧的大镜子;它反照出的不是雕像,而是树木,因为树是能记住事的物。时间,它赤裸裸的,光一览无余地照耀它。时钟是一个没有爱的机械装置;生锈磨损、时间、人类的呼吸都会终止和转变它。

朋友们!时间是即将落下的帷幕,把我们的角色包裹在裹尸布中。

同伴们!这舞台是纸制的!我给你们讲述的故事是一张旧

包装纸。只需要一根火柴，一个火把，就能让一切化为乌有。一瞬间回到我们初次见面的前一天。同样的火会把门和日子都烧掉。只有我们的主人公会得救！只有他能在这堆灰烬中找到栖身之地，找到避难所，找到我们故事的延续。

他在书中提到了一个岛屿。也许这就是他的新家，内陆之地，背后的故事，外面的广阔天地，无边无际的寂静之白。

我们的主人公——我不知道该怎么称呼他——成了马戏团的台柱。他吸引着男人也吸引了女人，给老板挣来了很多钱。他远离了故乡，他的失踪丝毫没有影响那座废弃的大房子。他又是跳舞又是唱歌。他的身体找到了一个柔情少年会有的幸福和快乐。她躲起来去写作。老妇人监视着她。阿巴斯保护她。我们的主人公时而是男人，时而是女人，在重新征服自己的过程中不断向前进。他不再和杂技演员睡在一起，而是睡在女人的拖车里；她和她们一起吃饭，一起外出。人们称呼她拉拉·扎赫拉。她很喜欢这名字。没有怀旧；她对抗记忆的洪流。与过去决裂并不容易。所以她创造了白色的空间，在这些空间里，一只手抛出疯狂的形象，另一只手用她梦想中的生活品位来装饰它们。

她渴望平静和泰然——尤其是为了写作。

一天晚上，当她回到舞台上，在稻草床上发现一封信：

"拉拉，所谓显而易见，是雾蒙蒙的窗户。即使是太阳——那可以在夜晚让你头晕目眩的光——也怀念阴影。

"当我本打算离开,甚至消失的时候,而您选择走上了流亡之路。自从我认识您开始,我每天晚上都在人群中,看着您,观察您,然后走开。我不希望我强烈的情绪给您带来困扰。要知道,我跟着您不是为了监视您;我跟着您是为了企及一种不可企及的幻觉。

"请收下我对您谦卑而忠实的祝福。

"您可以写信给我,把信寄存在收银台上,写上'陌生人'[1]。这信永远不会是我来取,而是别人来取。

"晚安。"

她很困惑。匿名人很久没有给她写过信了。在她面前的,是装睡的老妇人。矮凳上放着烟灰缸和一杯水,那里面装着老妇人的假牙。拉拉·扎赫拉坐在床上,沉思着。一只手伸进水杯里,取出牙齿。老妇人想知道到底发生了什么事。

"是谁给你写信了吗?"

"没有人!"

"那这一封信是谁写的呢?"

"我不知道它是从哪里来的,也不知道是谁写的。"

"那你得注意了!不会有下文的。如果你有了仰慕者,我知道怎么把他打发走。"

---

[1] 原文为阿拉伯语。

"就是这样!一定是个疯子在追求我。毕竟,在这里我一个人也不认识。"

"这就简单了。如果对方是个男人,你就是个男人;如果是个女人,就交给我来处理吧!"

她又取出假牙,把它放回到杯子里。拉拉闭上眼睛,想要睡觉。

拉拉·扎赫拉温柔又顺从,为了遗忘,她消磨了很长一段时间。她从不惹老妇人生气,小心翼翼地把自己的想法留存到夜晚。在别人睡觉的时候偷偷写作,把所有一切都写在小学生的那种笔记本上。她设法摆脱了过去,但并没有把它抹去。一些强烈的形象一直印刻在他的脑海里,鲜活又残酷:专制的父亲;疯子的母亲;癫痫的妻子。

13 绝境之夜

我感觉到他们就在那里,就在我身后,用他们讽刺的笑声萦绕着我,向我扔石头。起初我看到了我的父亲,年轻力壮,手里拿着一把匕首向我走来,神情坚决,要割断我的喉咙或是把我绑起来活埋掉。我可以听到他那沙哑而可怖的声音从遥远的地方传来,不存在生气恼怒,只是为了让故事回归正轨。他谈论着背叛和正义。当我听到他的声音时,我就不再看得到他了。他的形象消逝不见抑或是隐藏在墙壁后面。是物体在说话:最近的一棵树,或甚至是一座摇摇晃晃的雕像,一尊宛如一个错误一样立在十字路口的雕像。声音越来越近了;桌上的杯子都随之震动起来;是风把它送来,把我囚禁起来。我无法逃离;我就在那里,听着:

"伊斯兰教之前,阿拉伯的父亲会把女婴扔进洞里,并用土盖上直到婴孩死去。他们这样做是对的。这样,他们就可以摆脱不幸的命运。这是一种智慧,一种短暂的痛苦,一种不可改变的逻辑。我一直都被这些父亲的勇气所吸引;这是一种我从未有过的勇气。你母亲生下的所有女儿都本应得到这番命运。我没有埋葬她们是因为她们对我来说压根就是不存在的。你,是不一样的。你,是个挑战。可是你背叛了我。我将一路追着你直到死去。你将不再会有太平。湿润的泥土迟早都会盖落在你脸上,掉进你张开的嘴里,进入你的鼻孔,进入你的肺里。你将回到大地里,你将从未存在过。我会回来的,我会用我的手把土堆在你的身上……艾哈迈德，我的儿子，我塑造出的男人，已经死了，而你只不过是一个冒充汉。你在窃取这个男人的一生；你将为这种窃取而死……我在自我放逐的深处，不停祷告，眼皮已经沉重，思想已经僵化，终止于你放弃了你的家和你的身体的时刻，终止于你忘记了爱和命运的时刻，你忘记了我用意志锻造了这个命运的激情，但你不配……"

紧接着父亲话音的并不是声音，而是静止的、放大的、狰狞的形象，一张被疾病蹂躏的脸，这是母亲的脸。她看着我，我僵在原地。我相信她的嘴唇是在动，但没有发出任何声音来。她的皱纹动起来使她的表情看起来非常愉悦。她的眼睛是白色的，就好像天空把它们翻了过来似的。我甚至瞥见了一丝温柔，一种被击败的宿命，一种飘忽不定的伤口，有时刻在心脏上，有时划在身体的可见部位。她已经很久没有听到她丈夫的声音了。她曾用炙热的蜡封住耳朵，她吃了很多苦，但比起这个没有灵魂的、放纵的、无情的声音，她更喜欢终极的沉默。她的疯就是伴随着这种聋开始的。她曾说"一次小小的死亡"，但当时我并不理解她的这种姿态和沉默。她被摧毁了，于是她放弃了一切。她既不识字也不会写字，她就把自己关在一个黑暗的房间里消磨时间，在那里喃喃地说着一些令人难以理解的事。她的女儿们都抛弃了她。我，没有理会她。现在，我只知道去行动。

这暗物质半死半活在那儿，就好像在黑夜中沉睡的液体，但一有动静就可以唤醒它，激动不安，辗转反侧、浮想联翩。

我就在那，眼睛睁开着，这样就不用再看到那张晦暗的脸，我叹了口气，又听到我母亲的身体在喘息。我闭上眼睛；被刺眼的光线所包围，面对这个受苦女人的形象；我无能为力，动弹不得，最重要的是我不可能睁开眼睛来逃避这个幻象。

我知道，只要我的母亲还在受苦，这张脸就会一直在那，直到一只宁静温和的手把她从监狱中解救出来，人们慢慢将她禁锢起来，在那里她自己挖了一个坟墓，躺在里面，等待着死亡或来自天堂的麻雀信使，她被沉默笼罩着，想成为她未能活过的一种生活的见证者和牺牲品，想成为一个羞辱她、伤害她、随随便便就否定她的时代的殉葬品。

在这个国家，有些女人跨越了所有秩序，她们统治、指挥、引导、践踏，那就是乌姆·阿巴斯老妇人。男人都害怕她，不仅仅是她的儿子。她声称同时有两个丈夫；有一天，她甚至给我看了两份没有办理离婚登记的结婚证。着实是件稀罕事，但当你稍微了解她，就不会感到一惊一乍了。

我同样召唤来这种个性强烈又粗暴的形象，用来安抚身处不安的黑暗中的我母亲。怎样才能逃脱出去呢？答案很明显：通过爱。只是不可能。也许可以是怜悯，但不会是通过爱。

一丛碧绿的芦苇把我托举起来：在这个无法逃离的困境之夜，生长着蕨类植物和其他绿色植物的花园向我靠来。它推了一下母亲的脸，但没让它消失，我沐浴在一片滔天泻地的光线和香气之中。我深呼吸，知道这只不过是我芸芸苦难中的一个插曲。草已经延伸到我所坐之处的每一个角落，不会屈从于鬼魂幽灵，而是服从于要求正义、爱和记忆的众生。

  花园慢慢退去，我发现自己置身于一片光秃秃的土地上，和我一起的，是暂时平静了下来的母亲。在一个角落里，一辆运输病人的小车，在昏暗的灯影中若隐若现。我从它的背后看它。也许车里没有人。我一动不动。我就等着。没有必要挑起祸端。它足够强大，可以移动过来、把我包围起来。轮椅靠近了。我看到了一个额头，满是垂直的皱纹；那张嘴巴因为咧嘴苦笑而有点扭曲，标志着最后的呐喊；那身体瘦小而僵硬；眼睛睁大着，盯着一个并不确定的点。那辆小车开走了，绕了一圈，停了下来，倒车，然后向我撞了过来。我伸出手去阻止它；它刹住了，然后开走了。它看起来像是被一只隐形的手控制着，或者是上了发条。我一言不发地看着这幕诡计。我试图认出那个正在玩把戏的人，但他动作太快，我只能恍惚看到一些闪光。我想起了法蒂玛，又看到了她的遗体。这额头不是她的。死亡令她面目全非。她正漂荡在潟湖上，湖水淹没了白茫茫、光秃秃的土地。她什么话也不说。我无法理解这种骚动不安是从何而来。

14 萨利姆

说书人失踪有八个月零二十四天了。那些来听他讲故事的人都已经放弃了等待。自从使听众聚集在一起的那故事断了线索以后，众人纷纷四散。事实上，说书人，就像杂技演员和其他贩卖新奇物件的小商贩一样，不得不离开这个大广场，在年轻一辈城市规划专家的教唆下，市政当局对这个广场进行了"清理"，以便在那儿建造一座音乐喷泉，每个星期天，喷水池的水在《贝多芬第五交响曲》的伴奏下"啵、啵、啪、啪"喷涌而出。广场整洁干净。那里不再有耍蛇人，不再有驯驴人，不再有杂技演员，不再有因干旱从南方逃来的乞丐，不再有江湖骗子，不再有表演吞钉子和吞针的街头艺人，不再有狂热的舞者或独腿走钢丝的人。不再有穿着十五个口袋长袍的魔术师，不再有躺到车子下面碰瓷的孩子，不再有售卖魔法草药和鬣狗肝脏的蓝眼人，不再有老妓女改头换面转成算命人，不再有珍藏在记忆深处神秘莫测捂得严严实实的黑色帐篷，不再有迷惑年轻女孩的笛子手，不再有可以吃到蒸羊头的店，不再有牙齿脱落又瞎眼的歌手，他们发不出声音，却坚持唱着卡西斯和莱拉的疯狂爱情[1]，不再有向良家子弟展示色情图片的把戏人，广场空空荡荡。它不再是一个充斥哄人伎俩的广场。它只是干净之地，为了毫无用处的喷泉而存在。汽车站也被搬到了市镇另一头。只有那地中海俱乐部还留在原来的位置。

说书人因悲伤而死去。人们在一个干涸的水源附近发现了他的尸体。他的胸前紧紧攥着一本书，那是在马拉喀什发现的手稿，这就是艾哈迈德-扎赫拉的日记。警方按流程将他的尸体在停尸房内存放了一段时间，然后便交由首都的医学院处理。至于手稿，则与说书老人的衣物一并付之一炬。我们永远都不会知道这个故事的结局了。然而，一个故事被编造出来就是要讲到最后的。

这就是萨利姆、阿马尔和法图玛认定的，这三位年事已高且无所事事，自从广场经过了大清理，原先的说书人又过世以后，他们就聚在一个小小的咖啡馆里，这咖啡馆之所以幸免于市政府的推土机是因为它属于莫卡德姆[2]的儿子。

他们曾是那位说书人最忠实的听众。他们很难接受故事戛然而止。萨利姆，一个黑人，一个奴隶的儿子，本世纪初一位富有的批发商从塞内加尔带回了他的父亲，他向另外两个人建议把这个故事续下去。阿马尔和法图玛的反应都是不情愿的：

"那为什么是你讲而不是我们讲呢？"

"因为我曾经在说书人描述的大家庭中生活和工作过。那个家里只有女孩，偶尔也会有某个不受大自然眷顾的表兄弟，一个侏儒，来到宅子里。他在家一待就是好几天都不会出门。女孩们玩得很是开心。人们可以听到她们笑个不停，但不知道为什么笑。事实上，这个侏儒有着强烈的性欲。他来到这里使她们一个接着一个得到满足然后带着钱和一些礼物离开。我，

---

1. 卡西斯和莱拉是阿拉伯民间故事中的一对恋人。
2. 在村镇或街区具有一定政治或宗教权利的代表。

我才没有机会和这些姑娘一起。我是个黑人还是个奴隶的儿子……"

"但这和我们所说的故事没有任何关系……"

"不不不，有关系的，有关系的……让我告诉你们扎赫拉变成什么样了，拉拉·扎赫拉……然后你们告诉我你们所知的故事又是怎么样的，每个人轮流说。"

"可你不是说书人……你又不像西·阿卜杜勒·马利克那样有说书的天赋，愿真主让他的灵魂得到安息。"

"我没有他那样的说书艺术，但我知道一些事情。所以你们就听我说吧。"

这整个故事就是从艾哈迈德去世那一天开始说起。因为，如果他没有死，我们就永远不会得知这一系列的曲折苦难。一大清早，聚集在废弃老宅的七姐妹把男洗尸者叫来，可他们刚一进房间想要给他清洗身体，就又都跑了出来，口里一边咒骂着这一家。明明就应该叫来女洗尸者，因为艾哈迈德的身体无论如何都还是一副女体。只是她的姐姐们对此一无所知。只有父亲、母亲和助产士知道这个秘密。你们可以想象一下七个姐姐和其他家庭成员的困惑和震惊。这位年迈的叔叔，也就是法蒂玛的父亲，坐在小车里。他因愤怒而哭泣。他拿着手杖挥舞着、比画着，要人把他带到死者的房间里去打他。人们把他带到艾哈迈德的尸体前，他用手杖狠狠地抽打尸体，他打得太用力，最终失去了平衡以至于倒在了尸体身上。他尖叫着并大声呼救，因为他的杰拉巴卡在了尸体的牙齿之间。他拼命拉扯，搬动了艾哈迈德的头颅。那翻倒的小车迫使老叔叔保持着不雅的姿势，他整个身体都趴在艾哈迈德的身上；这姿势与其说是色情不如说是荒谬可笑的。仆人们急忙把这个流着口水的瘸子扶了起来。他们忍不住哈哈大笑。当他们帮助主人脱身时，看到了艾哈迈德的女体，不由惊呼了一声，和那个精神受了创伤的老人一起走了出去。

葬礼是秘密进行的。奇怪的是，死者是在夜晚入土，而这是被宗教禁止的。甚至有人说他的尸体被切成碎片喂给了动物园里的动物。但是，对于这种说法，我并不相信，因为我听到了其他一些事；谣言传得很快，据说墓地里刚刚埋葬了一位圣人，一位掌管生育能力的真福圣人，他可以保证妇女生出男孩。我也是因此了解到了圣人和他们的传说故事是怎么诞生的。但这个传说出现得非常快，圣人一死就有了传说。通常我们要等上几年，甚至要让他经历考验。我们的圣人不需要这一切。他正在天堂里，另一天我看到一些泥瓦匠在那坟墓周围建起一座隐士墓。我四处打听。其中一个工人告诉我，这是一位新圣人；一个有钱有势的男人，但不愿透露姓名，下令建造这个小圣殿。建筑很是令人好奇。它不像大多数"隐士墓"那样建有一个圆顶，它有两个，这结构从远处看就像一个胖女人的乳房，又或者，如果你们不介意如此形容的话，它就像是一对丰满肥厚的臀部。警察已经来调查过了。这完全是一个谜。我们无从得知金主的名字，这反倒避免了各种流言蜚语。应该是一个位高权重的男人。此外，我肯定他是个重要人物。我的意思是他有钱又有影响力。但是又为什么要给我们的主人公这样一种追思，他这样做的目的是什么？他以前就认识他吗？他知道他一生的悲剧吗？他是他的亲戚吗？

就我而言，我觉得，更有趣的事情是去试图了解我们主人公的命运是怎样跨越死亡得以延续，是怎样经由一个神秘人之手而封圣，比起猜测他是如何逃离马戏团那群招摇撞骗的江湖之士，甚至比起猜测他如何死去的以及死于谁之手。

但我知道他生命最后几个月都发生了什么。事实上，我所怀疑的比我所知道的还要多。

她总是蜷缩着身子睡觉，咬紧牙关，双拳紧握夹放在大腿之间。她自言自语，诅咒的时刻已经到来，那些被她——出于迫不得已——伤害过的人将会来报仇。她再也没有面具来保护自己了。她遭受残忍的对待，手无寸铁。

阿巴斯，马戏团的老板，无论是体格还是精神都是个蛮子。体重超过九十公斤，他把阳刚之气都表现在气力上，一有机会就施展表现出来。他用皮带抽打孩子；他经常忘记洗脸和刮胡子；但会花很多时间修整唇髭。他说他像土耳其人那样力大无穷，信仰是柏柏尔人的，胃口和阿拉伯猎鹰如出一辙，纤细仿似欧洲人，还有他的灵魂，一个平原流浪汉的灵魂，比鬣狗还要强大。

事实上，他是一个被父亲诅咒的山民，连同施行致命巫术的母亲一起被驱逐出部落。母子两人不容于家庭和氏族，他们一搭一档继续作恶。他们完全没有顾虑，一心一意为祸人间，总而言之，他们盘剥，偷盗，甚至谋杀，母子俩成了危险人物，随时可以投入新的冒险，为达目的不择手段。他们很少待在同一个地方。他们不停迁移，不是为了逃避警察——无论走到哪里他们都会贿赂警察——而是为了寻找新的受害者。

阿巴斯，面对马戏团的工作人员穷凶极恶、专横跋扈、恃强凌弱，但当他面对母亲或者不论哪个当局的代表，却表现得卑微、温顺、听话，他可以立马献上殷勤：他准备好既做眼线又做告密者，可以为地头蛇、村长或警长送上年轻的处女或稚嫩的男童。阿巴斯是个彻头彻尾的恶棍。面对当局，他低眉顺眼。他与母亲的关系很奇怪。他经常和她睡在同一张床上，把头安放在她的乳房之间。据说，他从未断过奶，母亲一直给他喂奶喂到很大，直到他过了发育期很久才断奶。母亲用粗暴的方式爱着他。她用一根钉着钉子的拐杖打他，告诉他他是她的男人，她唯一的男人。她叮嘱他要回到山上，把不幸带给整个家庭，特别是他的父亲。他积蓄实力、制订计划、准备食物投毒的配方，甚至是给村里唯一的水井投毒。大屠杀的念头把他给迷住了。他仿佛看见自己践踏在部落的那些尸体上，得意洋洋，母亲背在他身上。她越过儿子的肩膀，欣赏着按照她的想象抚养长大的子嗣干的好事。

他们俩都梦见了这一时刻；母亲坦言，梦中的画面让她幸福极了。她站起来，爬到儿子身上，儿子把她抱起来，就这样在房间里转圈。儿子那地方像公牛一样硬了起来，于是放下母亲，跑到大自然里自我解决，就在一辆拖车后面，或者我们宁可说是扎赫拉睡觉的那辆拖车。有一天，他破门而入，吵醒了给扎赫拉做伴的女孩。他把她们都赶走了，只和她一个人待在一起。他的裤子解开了，一只手握着性器，另一只手拿着刀。他嘶吼，命令扎赫拉任由他摆布："从后面，你这个白痴，把你的屁股给我，这是你的全部所有了，你没有乳房，而你的阴道又一点都不能激起我的欲望。把你的后面给我……这会是你的快乐。你自己一个人搞，我这就教你这种事两个人怎么办……"

他扑向她，但他都还没来得及插入，就一声咆哮下射出了精液。扎赫拉的背部中了一刀。阿巴斯骂骂咧咧地离开，转而投向母亲的双乳哭诉。

过了一会儿，他带着手铐回来了，将扎赫拉的手臂铐在了窗栏上，用一块旧木板把她强奸了。

扎赫拉不再是"爱的公主"；她不再跳舞；她不再是男人；不再是女人，而是马戏团的一只兽物，由老妇关在笼子里展示的兽物。扎赫拉两只手被绑在了一起，衣服被撕了开来，一直开裂到胸口处好给人展示她干小的乳房，她已经失去了说话的能力。她抽泣着，泪水顺着脸颊上长出胡须的地方流了下来。她成了大胡子女人，人们从城市的四面八方跑来瞧她。人的好奇心是不受任何限制或约束的。他们不惜花大价钱靠近这个笼子。有些人朝她扔花生，有些人往她身上扔剃须刀片，有些人厌恶地朝她吐口水。扎赫拉给阿巴斯和他母亲赚了很多钱。她的沉默令两人惴惴不安。晚上，老妇人会给她松绑，给她吃的，还一直陪着她，甚至连上厕所也陪着去。老妇人坚持一周给她洗一次澡。一边往她身上浇水，一边轻轻地抚摸她，抚摸她的性器，一边对她说着刻薄话："幸运的是我们在这里。我们救了你！你这一辈子都在盗用另一个人的身份，很可能是你谋杀的那个男人的身份。现在你最好乖乖就范、听命于我，任由我随意摆布。我不知道我那蠢儿子图你什么。你没有乳房，干瘦巴巴的，臀部瘪小又凹陷，甚至连个小男孩都会比你更容易让人硬起来。再说了，我摸过你的皮肤，我什么感觉也没有。简直就是块木头。可当我和其他女的在一起的时候，即使是和那些最丑的女的，我也有快感。如果你继续不发声，我就把你交到警察手里。我们的警察可有的是办法，能让只字不吐的人都说话。至于那些哑巴女人，照样可以让她们大喊大叫……"

在一个月圆之夜，扎赫拉有种预感，阿巴斯会来找她。她没有束缚的双手捡起了观众扔进笼子里的两片剃须刀。她脱掉衣服，把刀片裹进破布，再塞进臀间，然后趴着等待着那恶棍到来。她曾在一本旧杂志上读到，第一次越南战争期间妇女就是用这种方法杀死强奸她们的敌军士兵。这同时也是一种自杀。

扎赫拉承受着阿巴斯仿佛有一吨重的重压，他的阴茎被劈开了。在剧痛和狂叫怒号中，他掐死了她。扎赫拉在黎明时分窒息而死，而那强奸犯也死于大出血。

艾哈迈德就是这么死的。扎赫拉这（短暂的）一生就是这样结束的。

萨利姆似乎被自己所讲的故事深深打动。他重重叹了口气，站起来，对阿马尔和法图玛说道：

"对不起，我不想告诉你们这故事的结局。但是，当我知道了结局，我实在是非常震惊，我跑遍五湖四海想要寻找一个人把这个故事传给他，这样我就不会是此等悲剧的唯一保管者。现在我感觉好多了。我总算可以松口气了。"

阿马尔插话道：

"你坐下来！你不能就这样抽身而去！你的故事太糟糕了。我敢肯定，这一切都是你编造出来的，你把你自己代入了阿巴斯和不幸的扎赫拉。你真是个变态男人。你做梦都想着强奸年轻女孩呀男孩的，又因为感到羞耻，就用亚洲人的方式来惩罚自己。我知道这个故事的结局。我找到了说书人给我们念的手稿。我明天会把它带给你们。我可是费尽心思从停尸房的护士那里搞来的。"

法图玛什么也没说。她的脸上露出了一丝微笑，站了起来又挥了挥手，好像在说："明天见！"

15 阿马尔

这一天，云层重新聚集在一起，形成一个近乎完美的圆圈，并像墨水一样渐渐稀释成了介于淡紫色和红色之间的颜色。一层淡淡的薄雾萦绕着。人们在主干大道上毫无目的地来来往往。有些人已经在咖啡馆安顿下来。他们在交谈，又什么都没说。都是些日常生活中的小事。他们看着年轻女孩走过。一些人对这个女人的走路姿态或另一个臀部下垂的女人粗俗地评头论足。其他人会读或重读一份空洞无物的报纸；他们时不时地谈到这个城市里卖淫的男人越来越多；他们指着一名欧洲游客，那人两边站着两个英俊少年。人们喜欢谈论别人的事儿。在这里，大家酷爱谈论关于性的八卦。他们一直谈，谈个不停。在那些刚才还在嘲笑英国同性恋的人当中，我认出其中有些人也会偷偷和英国人做爱，或者干脆一起做。对他们来说，"做"爱这件事比说出来或把这件事写下来要容易得多。谈及卖淫的书籍禁止销售，但没有任何措施来为农村女孩提供工作，也不管控皮条客。所以我们就在咖啡馆里聊天。借助大街上一晃而过的形形色色的形象来发泄，晚上我们看电视上那个永远没有结局的埃及肥皂剧《爱的呼唤》，里面的男男女女相爱、相恨、互相撕扯；却从不碰触对方。我告诉你们，我的朋友们啊，我们身处虚伪的社会。我不需要说更多了：你们很清楚堕落败坏已经起了作用，并继续在摧毁我们身体和灵魂的路上渐行渐远。我喜欢阿拉伯语中表示"腐败"的词。它指那些丧失实质而不再坚固可靠的材质，举个例子，比如说木材，保持着外观，但里面是空心的，内部什么都没有了，它已经从内遭到了破坏；小虫子小到微不足道却啃噬掉了树皮下的一切。我的朋友们啊，你们不要催促我；我只是一具空荡荡的尸体；里面还有心和肺在继续它们的工作。与其说它们疲惫不堪，倒不如说它们义愤填膺。而我，我很迷茫。昨天，在萨利姆跟我们讲完故事之后，我去了清真寺，不是为了去祈祷，而是为了找一个安静的角落静心沉思，去试图理解发生在我们身上的事情。你们想象一下，我被守夜人叫醒了好几次：他们对我搜身，核验我的身份。我很想要告诉他们：我身上找不到和伊斯兰教有关的痕迹，我是个孤独的男人也确实对宗教不感兴趣。但跟他们谈论伊本·阿拉比[1]或曼苏尔·哈拉吉[2]，很可能为我招来麻烦。他们也许会认为那些人是流亡的政治领袖，是试图接管国家政权的穆斯林兄弟。我起身回家。幸运的是，孩子们不在那里。他们想必都在荒地上玩弄石头和灰尘。我聚精会神地想了很久，想到了可怜的艾哈迈德。我呢，我是不会叫她扎赫拉的。因为他手稿上的签名是他独特的首字母，字母A。当然了，它可能是艾沙、阿米纳、阿提卡、阿利亚、阿西娅的签名……但我们得承认它就是艾哈迈德的缩写。他的确离开了房子，放弃了一切。他尝试过随波逐流，和马戏团一同冒险。但我相信他还做了别的事情。

---

1. 伊本·阿拉比（1165—1240），苏菲派神秘主义者、诗人、哲学家。
2. 曼苏尔·哈拉吉（858—922），波斯神秘主义者、诗人。

儿子和母亲，他们的脸因为仇恨扭曲，恨别人、恨自己，任何阴谋诡计都不再受他们掌控了。他们试图利用艾哈迈德赚取不义之财，但很显然没有人再相信他们，他们不过是不停地自欺欺人，自相矛盾，两人吵得天翻地覆。促使艾哈迈德出逃的原因是母子俩因为一个丢失的小瓶子而动起了刀子，那瓶子里是老母亲存的鬣狗的脑粉灰。她向儿子挑衅，对他大吼大叫：

"婊子养的，基佬养的，你不是个男人，来打架啊，来保护我在生你那会儿好心给你的一丁点的男性尊严啊。"

"只要你承认自己是个婊子，"他出口反击道，"那我就是你的儿子，母狗的崽也没他娘的无赖下流……"

"你把黑瓶子放哪儿去了……你让我丢了个发财的生意……我肯定你是把它给了那个对你摇晃屁股的老基佬……你是个伟大女性生出的孬种子……"

"我不想打架……不想和你打架。"

她甩手就是一把刀向他扔过去，险些削了他的肩膀。儿子哭了起来，求她原谅自己。他实在长得丑。他们两个人都丑到令人难以忍受，丑得没有一丝尊严可言。母亲不是母亲儿子也不是儿子，而是两个怪物，艾哈迈德感到恐怖至极，他边逃边诅咒那只把他推上这条路的无形之手。老女人一边向儿子吐口水，一边追赶他。她差点就追上了，却在潮湿的石板上滑了一跤，艾哈迈德才不至于落入疯女人的魔掌。他从未想象过母亲和儿子之间会存在这种关系。他想起他和父母的关系，为他的冷酷、沉默和苛刻感到后悔。他告诉自己，他无法控制恨意，这股恨意让他远离可怜可悲的母亲，他也无法控制父亲在他心中激起的激情，对父亲他是既敬佩又畏惧。他开始恨那段厚颜无耻的插曲，恨自己和可怜的堂姐缔结了虚假的联姻。

他整晚都在城市里游荡。黎明时分，他来到墓地，找寻法蒂玛的坟墓。那是一个没人会注意的坟墓，夹在两块大石头之间。回想起她时，一股悔恨朝他袭来，他已经很久都没有这种感觉了。仿佛他刚从漫长的缺席、疲惫不堪的旅途或久病中归来。他在坟前沉思，感到法蒂玛的形象慢慢消逝，脸模糊不清，声音无法捕捉。尖叫声与风声交杂在一起；他正慢慢地失去这段回忆；记忆倒塌、支离破碎。就好像他手里拿着腐坏的面包，把它揉碎了喂鸽子。的确，他厌恶墓地。他不明白为什么人们不将它遮掩起来。他认为这些不良之地对保留往生者还存在的幻觉毫无意义，因为即使是记忆也会欺骗我们，甚至以编造的记忆制造一些从不曾存在过的人来嘲笑我们，把我们禁锢在云中，无从抵抗，既无法挡住风也无法将言语拒之于外。他开始怀疑法蒂玛是否存在过，拒绝相信他来过这儿为她的灵魂祷告。整夜游荡，辗转难眠，漫无目的的逃跑令他心惊肉跳、疲惫不堪，他的感知完全混乱了。他仿佛是被一阵狂风吹离了墓地。似乎有人猛地把他一推。他没有反抗。倒着往回走，被一块石头绊倒了，发现自己躺在一个大小合适的坟墓里。他爬不起来。有一瞬间，他想到那么就在那里睡觉吧。也许死亡会温柔地把他搂进怀里,接走他,没有一丝眷恋。他待在那里,仿佛是为了驯化它,为了让自己熟悉湿润的土地,为了提前建立一种温情的关系。但风是残酷的,把他刮了起来。艾哈迈德离开了,痛苦而悲伤。他迈出的第一步,引诱者的第一步被死亡逼退了,或至少是被承载他、推动他的风逼退了。他告诉自己,生与死都没有他的位置,就像他在故事第一部分既非完全的男人也非绝对的女人。他再也没有精力,再也没有更多力气来支撑他的形象。最艰难的是他再也不知道自己长得像什么或像谁。再也没有一面镜子能映照出他的形象,全都黯淡无光。只有昏暗,只有隐约透着几道微光的黑暗印在镜子里。他知道自己从那一刻起就迷失了。他甚至再也无法去寻找一张能看到自己的面孔,一双会对他说话的眼睛:"你变了,你再也不是昨天的你;你的鬓角有了白发,你不再微笑,你的眼睛黯淡无神,你的目光饱受摧残;鼻子上挂着鼻涕;你完了,无可救药了;你不复存在了;你是一个错误,一段空白,只是一把灰烬,几块鹅卵石,几片碎玻璃,一把沙子,一截空心的树干,你的脸在消逝,不要试图留住它,它正离去,不要试图挽留它,这样更好,少一张脸,头颅滚落,就让它卷起一点尘土、一点杂草,就让它和你思想的另一头相会,要是落在斗牛场或马戏团,那就是倒霉,反正它会继续滚动,直到它没有了感觉,直到最后的一点星火让你相信还有生命……"

江湖郎中听他讲述完不幸的遭遇,提议他去找一面印度镜子,专门为丧失记忆的双眼设计。

"有了这面镜子,"他说,"你会看到你的脸还有你的所想。你会看到别人在看你时无法看到的东西。它是为灵魂深处而设计的镜子,是映照可见还有不可见的镜子;它是东方王子用来解谜题的稀罕工具。相信我,朋友,你会得到拯救,因为你会在那看到守护秘密之国的星辰……"

"谁跟你说的,"他回答道,"谁告诉你我想得救?我巴不得永远失去这张脸和那脸的形象。已经这样了,经过漫漫长夜的思考和游荡之后,有时用手摸过自己的面颊,我什么也感觉不到……我的手穿过一片虚空。你无法理解这种感受,除非你是抽大麻的老鬼……然后你还得知道这名字是张冠李戴、这身体非男非女。而这一切都超出了你的认知范围。你走吧,我只要沉寂和无际的黑暗。我再也不需要镜子了……而且我还知道你那故事是编造出来的……我小时候就玩过所谓的印度之镜……我们用这种镜子点火玩!……"

他闲逛了很久。他的身心状况使他成了一道影子,一道丝毫不会引起人们注意的影子。他倒宁可人们对他漠不关心,因为,正如他写道,"我正在无名氏和解脱的路上渐行渐远。"

可以说在这一点上,人们已经看不见他了。没有人对他有足够的兴致,所以也就对他视而不见了。他所追寻的只不过是再也不被看见,尤其是自己不再被时间的浪花冲走,像一块抄有《古兰经》的木板一样沉浮消逝而去。

我不知道他是怎么维持生活的,他吃不吃东西,睡不睡觉?这在他最后一部分日记里写得很模糊。他还在这个地方吗？还是说他得以悄悄潜入了一艘驶向世界尽头的货船？我之所以想到这一点，是因为他有一次写到"被巨浪摇曳的黑暗"。

我想象着这副身体，它再也无法忍受被囚禁于另一副身体里，它漂荡在海浪中在遥远的海面上，而不是在这些声名狼藉的酒吧里，灵魂稀释在劣酒中，不幸的人喝得烂醉如泥，但求卑微地死去。

经历了家庭分崩离析和离家出走，他就准备好迎接一切形式的冒险，又渴望结束这段老旧又痛苦的闹剧。他当时这么写的：

"死亡解决掉了许多悬而未决的问题。我的父母再也不会出现了，不会再提醒我背负着这个秘密。是时候认清我是谁了。我知道，我有一个女人的身体，即使会因一些表征产生一点怀疑。我有一个女人的身体；也就是说，我有女人的性器官，尽管它从未派上用场。我是个老了的女孩，甚至还无权有老女孩的焦虑。我的言行又使我像个男人，或者更确切地说，人们教会了我怎么去像一个天生就优于女人的人那样处事、思考。一切都允许我这样做：宗教、《古兰经》经文、社会、传统、家庭、国家……还有我自己……

"我有很小的胸——青春期开始就被束缚的胸——但有一副男人的嗓音，低沉的嗓音出卖了我。从现在开始，我不再说话，或者用手捂着嘴说话就像我牙痛一样。

"我有一副清秀的面孔不过被胡子遮住了。

"得益于重男轻女的继承法，我继承的遗产是姐姐们的两倍。不过我不再对这些钱感兴趣了，就把它留给她们吧。我想离开这所房子，不带走一丝一毫过去的印记。我想离开这里去重生，在二十五岁重生，没有父母也没有家庭，但有个女人的名字，有个将永远摆脱所有这些谎言的女人的身体。我可能活不长了，我知道我的命运注定要被残酷地折断，因为我，尽管只出于一点自身因素，欺骗了神和先知。而不是我的父亲，事实上我只是他的工具，他用我来复仇，来挑战诅咒罢了。我意识到自己有点说笑，但我还是会想象我的生活会是什么样的，如果我只是家里其他那些女孩们中的一个，又多出来的一个，第八个女孩，另一个焦虑和不幸的来源。我想我不能忍受像我的姐姐们、像这个国家其他女孩所遭受的那样生活，我不能接受。尽管我不认为我比她们好到哪里去，但我觉得我有这样一种意志，这样一种反抗的气魄，我相信自己很可能会把一切都颠覆掉。啊，我现在多么责备自己，怎么没有早点暴露自己的身份，打破那面把我推离生活的镜子。我本该是一个孤独的女人，是个可以明确决定怎么和自己的孤独相处的女人。我这里说的孤独是自己选择的，承载着对自由的渴望，而不是因家庭氏族被迫的遁世。我知道，在这个国家，女人孑然一身是注定要遭受各式各样的弃绝。

在一个道德先行、组织良好的社会中，每个人都各得其所，但也绝对不会有位置是属于这样的他或她的，特别是一个背弃社会秩序的她，不管是主观有意还是疏忽失策，不管是出于叛逆精神或是无意识之举。孑然一身的女人，单身或是离异也好，单亲妈妈也罢，要面临所有的摈弃。在非法暗影下怀上的孩子，不被世人认可的结合生下的孩子，最好还是被送去慈善之家，那里养育着坏种，或者简单地说，因背叛和羞耻而收获的快乐种子。人们将秘密祈祷，希望这个孩子将是每年因没人照顾、缺乏食物或因神的诅咒而死去的十万婴儿的其中一个！这个孩子将无名无姓，将成为街头流浪儿，成为罪恶之子，必将体会各式各样的不幸。

"我们应该在每个城市的出口开挖一个足够深的池塘来收容这些错误之婴的尸体。我们将称之为解脱的池塘。母亲们晚上来这儿更好些，友善的手向她们递来一块块石头，她们把自己的孩子绑在上面，在最后的呜咽声中，她们把孩子放下，也许隐藏在水中的手会把孩子拖向水底直到淹死。所有这一切都将在众目睽睽之下进行，但这又是不正派的，人们禁止谈论它，甚至禁止谈及这个话题，哪怕是暗示也不行。

"国家的暴力也一样映照在这些紧闭的眼睛里，在那些回避的眼神里，在那些与其说是冷淡不如说是屈从的沉默里。

"如今我是一个孤独的女人。一个孤独的老女人。我曾度过的二十五年让我认为我的苍老有至少半个世纪这么长了。伴随着两种生活的是两种感知，两张面孔，但同样的梦想，同样深刻的孤独。我不认为自己是无辜的，甚至认为自己变得很危险，已经没有什么可失去的了，还有那么多的损失要弥补……我怀疑我还有能力愤怒、生气，爆发出毁灭性的仇恨。再也没有什么能阻止我，我只是对我将要做的事情有点害怕，我害怕是因为我不知道我到底会做什么，但我已经下定决心去做了。

"我本来确实可以继续关在这个牢笼里，在里面发号施令，掌舵家族大小事宜。我本可以知足于几乎不可见的强权男人地位。我甚至本来可以修一间更高的房间去更好地欣赏城市之景。但我的生活、我的夜晚、我的呼吸、我的欲望还有我的渴望都本该被禁止。从那时起，我就厌恶沙漠、荒岛、林中孤零零的小房子。我要离家出走，看看外面的人们，呼吸这个国家的糟糕气味，也感受果香馥郁、芳草馨香。出门在外，被人乱推乱撞，混杂在人群中，感觉到一个男人的手笨拙地抚摸我的臀部。对于许多女性来说，这非常令人不适。我明白这一点。对我来说，这会是第一只落在我的背还有臀上的手、不知其名的手。我不会转过身去，这样就不会看到那只手出自怎样的面孔。如果我看到它，我可能会被吓坏。但下流的行为、粗俗的举动有时会带有一点诗意，不多不少正好让人不进入愤怒。轻轻碰触和这个民族的色情性并不相悖。尤其是欧洲旅客最能感受，也最容易想起这种色情，无论是在绘画中还是在文学中，即使这一切的背后是白人高高在上的优越感引领着他们的脚步。

"我知道我们不再谈论性而只聊色情，而爱情，埋葬在怀旧之情中，如此忧郁的怀念，我将永永远远地厌倦。

"我现在明白为什么父亲不让我出门了；他设法在我周围营造出越来越浓的神秘气氛。某些时候，他对我失去了信任。我本可以背叛他，比如说，赤身裸体地出门。人们就会说：'她这个疯婆娘！'人们会把我裹起来，把我带回家去。这个想法一直萦绕在我脑海。但制造丑闻的意义何在呢？我的父亲生病了；母亲保持缄默；姐姐们活在平庸里很是平静。而我却在受苦，成为了命运的囚徒。

"在我父母去世后，我感觉到了解脱，新的自由。再也没有什么能把我扣留在这所房子里了。我终于可以出去了，离开然后再也不回来。

"我曾渴望失忆，或者把我的记忆一个接一个地烧掉，或者像集一堆枯木一样把它们收集起来，用一根透明的线把它们捆扎起来，或者最好是把它们裹在蜘蛛网里，在市集广场上把它们处理掉。卖掉它们，换取一点遗忘、一点平静和安宁。如果没有人要，就把它们像丢失的行李一样丢弃在那。我想象自己夸耀起这些记忆，它们丰富多彩、奇特稀罕，当然还有些古怪独特。事实上，在这个记忆市场中我感到自己很糟糕，记忆纷纷互相给予、交换，化作尘埃、烟消云散、逝去不再。这样就太方便了。

"走出去，把后仰的头往前伸，看向天空，在一天结束的时候捕捉到一颗星星冉冉上升，某个恒星划过的痕迹，然后不再思考。选择一个无人注意的时刻，一条秘密的小道，一缕柔和的光束，一道风景，风景里恋人没有过去也没有故事，坐在那儿，好似波斯的细密画，一切都显得美妙，处于时间之外。啊，如果我能跨过这道布满尖刺的篱笆就好了，这道篱笆是一堵真正会移动的墙，在我前面，挡住了我的去路，如果我能受点伤作为代价越过它并在这十一世纪的细密画中占据一席之地就好了；天使之手会把我放到这珍贵的地毯上，静静地，不打扰这位年迈的说书人，一位智者以极细腻的方式践行爱。我看到他正抚摸着年轻女孩的臀部，女孩高兴地把自己交付于他，没有害怕也没有过激反应，只是友好而又腼腆害羞……

"伊斯兰教中有那么多的书都是关于身体、欢愉、芳香、温情和男女之爱的美妙……这些书都很古老，今天也不再有人读了。这诗意的性情消失到哪里去了？离开，遗忘。到远离时间的地方去。等待。从前，我什么也不期待，或者更应该说我的生活被父亲的计谋支配着。我积累着一些无需等待的东西。如今，我将有闲情等待。不管是等待什么或等待谁。我将知道，等待可以是一种仪式，一种魔力，知道我将使一张脸或一只手从远处浮现；我将坐在变换着轮廓和颜色的地平线前抚摸它们，我将看着它们离去；它们让我产生死去的欲望，在这即将消失的天空前慢慢死去……"

这就是，我的朋友们，我们的主人公怎样消失的：坐对天空，面朝大海，被许多形象所包围，在他所写文字的柔情中，在他希冀的思想的温情中……我想他从未离开过他楼上的房间，那大房子的楼顶平台。他任由自己死在用阿拉伯语和波斯语写着爱情的陈旧手稿中，沉溺在臆想的性欲中，没有人来拜访他。白天，他把门锁起来。晚上，他就睡在阳台上，和星星说话。自己的身体对他来说一点不重要，任它腐烂。他想战胜时间。我想他在生命的最后时刻成功了，他抵达了静修的最高境界。我想他体会到了满足，满足于面对星空而生的极乐。他一定是在极致的愉快里死去的。他的目光定格在那遥远的地平线上，那儿定是凝结了久久的不幸，或至少是他错误的一生（我即将读给你们听的内容不在他的手稿中，是我想象出来的）：

"我蹑手蹑脚地离开。我不想自己沉甸甸的，万一天使们，像《古兰经》里说的那样，要把我带到天上。我把自己的身体放空了，把记忆点燃了。我在铺张摆阔和虚构的欢乐里出生。我在沉默中离开。我是，正如诗人所说，'最后的也是最孤独的人，被剥夺了爱和友谊，远远不如最有缺陷的动物。'我是个错误，我对生活一无所知，只知道面具和谎言……"

阿马尔讲完故事之后迎来一段长长的寂静。萨利姆和法图玛看起来很是信服；他们互相看了看，什么也没有说。在某个时候，略感尴尬的萨利姆试图为自己的故事版本辩护。

"这位主人公自身就是一种暴力的存在；他的命运，他的生活都是不可想象的混乱。然而，也不能靠心理伎俩得以摆脱。说穿了，你们得承认，艾哈迈德不是自然而生的错误，而是社会招致的偏移……说到底，我的意思是，他定不是一个被同性吸引的人。他的欲望遭到抑制，我认为只有汹涌的暴力——血液四溅的自杀——才能为这个故事画上句号……"

"你读了太多的书，"阿马尔说，"这是一种智识层面的解释。但我要问的是：这个未完待续的故事是怎么会让我们这些无所事事或看穿一切的人如此感兴趣？我理解你，奴隶之子，用了一生去消除这个印迹。你自己学习，你学了很多，甚至学得有点太多了。然后，你本想在二十岁时知道什么是自由的生活……但是，在这个年龄，你的父母为了使你免遭他们承受的不幸不停地干活。但是，我，一个退休的老教师，厌倦了这个国家，或者更确切地说，厌倦那些苛待它、毁坏它的人，我问自己是什么让我对这个故事如此着迷。我想我知道，首先是谜的方面，接着我觉得我们的社会太艰难了，也许表面上不像，但在人与人之间存在某种暴力，疯狂的故事，像是这个有着女人身体的男人的故事，就把这种暴力推到极致，推到尽头。一个国家竟用这样的方式来表达自己，我们对此感到惊讶……你呢，法图玛，你什么都不说……你怎么看呢？……"

"是的，我什么都不说，因为在这个国家，女人习惯保持沉默，要不然就是言辞激烈。我现在已经上了年纪，正因如此我现在和你们在一起。三十年前，或者说如果我还是三十几岁的话，你们觉得我会和你们一起待在这个咖啡馆里吗？我现在自由是因为我已经老了，有了皱纹。我现在有说话的权利，是因为我说什么都不重要了。风险极小，但今天待在这，坐在这个咖啡馆里，听你们说也和你们一起聊天，已经足够奇怪也很是离奇了。我们几乎不认识彼此。你们对我一无所知……别忘了，说书人失踪后，是我提议大家聚集到这个咖啡馆的。是我先跟你们说的。你们没有注意。这很正常！一个老妇人……再也没有比这样更正常的了！老妇人应该待在家里，照顾她的孙辈。但是，我既不为人母亲也不为人祖母。我可能是唯一一个没有子孙后代的老妇人。我一个人生活，有些许收入。我旅行，阅读……我在学校学过认字……我那会儿可能是整个学校唯一的女孩……父亲为我感到骄傲……他曾说：'我不为有女儿而感到羞耻！……'"

法图玛停下来了一会儿，拿起头上围巾的一角蒙住脸，垂下眼帘。人们不知道她是因自己所说的话还是因某人在场而感到尴尬。她试图回避一张面孔。在咖啡馆前，一个身材矮小、衣着相当讲究的男人停了下来。他有时看向一直低着头的法图玛，有时看向咖啡馆深处。他走到桌子旁边，说：

"嗨，哈贾尔！你还认得我吗？我们曾一起在麦加……我是哈吉·布里泰尔……快速又高效的鸟儿！"

阿马尔请他离开。那个小个子家伙走了，嘴里还嘟嘟哝哝着类似的话："我的记忆在捉弄我……可我确定那人就是她……"

法图玛摘下面纱。男人突然的介入使她不安。她保持沉默，然后深深叹了一口气后说：

"在生活中，我们应该能够拥有两副面孔……要是至少有一张备用的就更好了……或者，最好是根本就没有脸……我们都只有声音……有点像盲人……好了，我的朋友们，我邀请你们明天到我住处来，我会告诉你们故事的结局……我住在孤儿院的一个房间里……我会在日落时分等你们……请在此之前到访，你们会看到从我房间向外看的天空有多么美丽……"

16 法图玛

男人！我所喜爱和追求的是虔诚，是记忆的虔诚。我欣赏这份虔诚因为它不招致问题。我知道这品质就在你们身上。因此，我将先解答你们的询问，安抚你们的好奇心。

你们席地而坐，背靠墙壁，面朝大山。一抹云彩遮住了山顶。很快，缤纷之色将慢慢地与云层交织相融，给懂得等待的眼睛与心灵带来一道奇景。

正如诗人所说："人们只有在使用时间的时候才能忘记时间"……从前，时间用我，结果我忘却了自己。我的身体，我的灵魂，我能够引发的火灾，容我躲避其中的黎明，所有这些对我来说都是无所谓的。四周的一切都静悄悄的：水、泉；月、街。

我从远方来，从很远很远的地方，走过许多无尽的道路；丈量了千里冰封；穿越了一大片满是阴影和散乱帐篷之处。所过之处连同几个世纪都成过眼云烟了。我的脚还记得，记忆就在我脚底之下。是我在向前走，还是足下的土地在移动？我怎么会知道呢？所有这些旅行，所有这些没有黎明没有白昼的夜晚，都是我在狭小的、圆而高的房间里捏造出来的。房间朝着露台。露台朝着山丘，山丘被绘在淡红色的丝绸上。我居于高处，门窗紧闭。光不得我心，黑暗使我更加自由。我从旅行者写下的故事尽头出发，筹划自己的旅行。如果我是一个男人，我会说："伊本·巴图塔就是我！"可我只不过是一个女人，隅居在和悬置的坟墓一般高的房间里。

我去往了麦加,更多是出于好奇心而非信仰。我被这白色的游牧部族淹没了。我身处其中,被人推搡,受人打压。我荒无人迹的房间和宏大的清真寺之间并没有什么太大的区别。我在任何时候都没有丧失过意识,相反,一切都使我回到自身、把我带回自己的小宇宙,在小宇宙里,我所眷恋的正在吞噬我、耗尽我。在朝圣结束前离开圣地是绝对禁止的。我再也无法忍受了,我已经丧失了陶工的痕迹,这守护我并保护我的美德的陶工之身。第一次,我想结束这一切。死亡在这里是如此渺小……我告诉自己,被这群人践踏而死、随之扔进乱葬坑里,会更容易些……我感觉我的胸口有一个东西,被熟悉的手寄放、托付于我,我把呐喊憋在心里,漫长而痛苦的呐喊,我知道这不是我的东西;直觉告诉我该轮到我做决定发出这声呐喊,这呐喊会撼动信徒渺小的身躯,会让圣地周围的山峦为之震动,这囚禁在我胸腔中的呐喊是个女人的声音。我眼看信徒的队伍越来越庞大,我要把这呐喊从我身体里驱逐出来的需求也变得迫切。我知道,依旧是出于直觉,我知道这个女人在临死前把它寄放到了我体内。这女人年轻、患病。她应该患有哮喘,也许(我也不确定)是患有癫痫。无论如何,必须抵达祈祷和沉思之地,我才会渴望用深沉的呐喊撕裂天际,我有这呐喊的种子却没有理由。我觉得自己完全有能力用这声呐喊冲破人群和天际,为缺席者、为活得很少尤其还活得很糟的患者伸张正义……然后,我问自己:为什么这声呐喊选择在我身上寻求庇护而不是，比如说，在一个男人身上？一个内在的声音回答了我，这呐喊本应栖息在男人的胸腔，但出现了错误，或者说这个年轻女人更愿意把它寄托给一个能和她共情同样的苦难、同样的悲痛的女人身上。通过呐喊她将知道死亡会降临在黑夜的哪一隅，潜伏在哪处昏暗的角落。我在人群中前行，胸口肿胀，怀着这呐喊；我知道，我要用尽全部力气才能把它从身体里赶出去，解放自己也摆脱那托付于我呐喊的人。这正是我梦寐以求的死亡。随着朝圣者四散开来，我没有必要呐喊了，我不再处于被推着不断前进的紧张状态。我毫无遗憾地离开了麦加，登上了第一艘船。我喜欢乘船旅行。在海洋上，远离所有的牵绊，不知道这一路何去何从，悬而未决，没有过去，没有未来，身处当下，被这无边无际的蓝所包围，眺望夜空，薄薄的夜幕充作信封，点点繁星偷溜进来；我感觉自己在温柔的支配下，是一种盲目情感的支配，它慢慢地呈现出一种旋律，介于忧伤和内心喜悦之间……这正是我喜欢的……而这艘船使我与缄默中断的联姻再次达成了和解。

这次朝圣之旅，即使完成得很糟，也解放了我：当我重归故土时，我没有回家。我再也不想回到这废墟般的老房子，我的家人在断断续续的不幸中还在那里苟延残喘。我一点也不后悔地抛弃了我的房间和我的书。晚上，我睡在清真寺里。我蜷缩在长袍中，帽子拉低遮住了脸，我可以被看做是个男人，一个误入城里的山间汉。于是我有了把自己伪装成男人的想法，这不需要多复杂：改变容貌。当我还年轻叛逆的时候，我以此为乐。我一直很瘦，所以这把戏很容易操作。从一个状态转换到另一个，是一段相当奇异的经历。就我而言，我会改变自己的形象，在同一副躯体里变换面容，我喜欢甚至过于沉迷佩戴面具。

然后一切都停了下来，一切都凝固了：这时刻变成了一间房，房子变成了一片晴天，时间变成了一副陈旧骨架，被遗忘在这纸箱里，这箱子里有一些不成对的旧鞋子、一小撮新钉子，一台胜家牌自动缝纫机，一只从死人手上取下的飞行员手套，一只定在箱底不动的蜘蛛，一片诗帝剃须刀片，一只玻璃眼睛，然后必然还有一面破破烂烂的镜子，摆脱了所有镜像的镜子。此外，纸箱里所有这些物品都是源于他自己的想象，自从他过世以后，自从他变成了一块简简单单的玻璃，他就不再向其中存放东西，他在一段漫长的缺席中放空了自我。我现在知道故事的钥匙就在这些旧物件中……我不敢翻寻，害怕机械钳口咬住我的手，它尽管生锈了也还能使用……它们不是从镜子里来的，而是自身的复制品……我忘了告诉你们，事实上我没有遗忘，而是出于迷信……也罢……不找到钥匙我们就出不了这个房间，正因如此我们必须回想起镜子里的复制品，哪怕只是影射……不要用眼睛去找它；它不在这个房间里，至少它是不可见的。这是一座宁静的花园，有夹竹桃、有光滑的石头捕捉光线，这花园也凝固了，悬在空中。这是座秘密花园，花间小径是秘密的，它的存在只有极少数人知道，只有那些深谙永恒的人知道，他们坐在石板上，日子亘古不变，定格在了他们的目光里。他们掌握着故事开始和结局的线索；石板关上了花园的入口，花园面朝着大海，大海吞噬并卷走了所有诞生和灭亡在鲜花和根茎间的故事……至于白天，它在自己的空间里留下了夏与冬，两者交汇在同一束光中……

我因而学会了活在梦中，学会了让我的生活成为一个完全虚构的故事，成为一个记得自己曾真实发生过的故事。许是因为无聊，许是因为厌倦，于是人给自己的躯壳套上另一种生命，就像套上一袭绝美的长袍、一件魔法服装、一顶斗篷，以天空为织物，以繁星、绚烂和微光做点缀？

自打我隐居以来，我默默地、静静地目睹我的国家所经历的迁移：人类和历史，平原和山脉，草原甚至天空。留下的是女人和孩子们，似乎他们要留下来保卫国家，但他们什么也保卫不了。他们来了又走，焦躁不安，设法摆脱困境。至于那些因干旱和河流改道而背井离乡并蜂拥至城市里谋生的人们，他们乞讨。人们厌弃、排挤、羞辱他们，他们却继续乞讨。他们拼命夺取他们能夺到的。至于孩子们，死了许多，死得太多太多了……所以我们继续生，一次又一次……生男孩不至于太过不幸……生女孩则是灾难，人们把这份不幸漫不经心地搁在一条路上，白日将尽时分死亡会经过那里……哦！我不是在教授你些什么。我的故事很古老……可以追溯到前伊斯兰时期……我的话没有多少分量……我只不过是个女人，我不再有眼泪了。我很早就被人教导说哭泣的女人是堕落的女人……于是，我下定决心绝不做那个哭泣的女人。我活在另一副身体的错觉里，他者的衣服、他者的情感。我欺骗了所有人，直到有一天意识到我一直欺骗着自己。于是我开始观察我的四周，所见所看深深地击中了我，让我震惊不安。我怎么能这样生活，在玻璃牢笼里，在谎言中，在他人的蔑视下？我们不能像跨过一座桥一样就从一种生活走到另一种生活。至于我，我不得不摆脱曾经的身份，忘掉一切，抹去所有的痕迹。机会是孩子给我的，这些来自贫民窟、被学校开除、没有工作、没有住所、没有未来、没有希望的孩子们。他们在街上游荡，先是空空如也的双手，然后满手拿着石头，嚷嚷着要面包。他们高喊着口号，随便讲着什么，他们再也抑制不住暴力……失业的男人女人们也加入了他们的行列。我在街上，不知道该思考些什么……我没有理由和他们一起抗议。我从来没有体会过饥饿的滋味。军队朝人群开了枪。我近乎偶然地发现自己混在孩子们中间，我当时就和他们在一起，面对武力。这一天，我懂得了恐惧和憎恨。一切都天翻地覆了。我的肩膀中了一弹，在门口鼓动抗议示威的妇女迅速把我抱了起来并藏到她们的屋子里。当我进入穷人的房子时，想着我被女人收留时她们的孩子还在人群中，我大为感动甚至忘记了伤口的痛。她们高效又体贴地照顾我。从这天起，我的名字就叫法图玛。她们收留我在她们家住了很长时间，警察到处找逮捕受伤的人，甚至连墓地也不放过。为的就是把国家的坏种子清理掉以阻止新的暴乱。可惜，唉！国家并没有得到真正的清理……更加血腥的暴乱在十五年、二十年后发生了……

在此期间，我丢失了写着自己故事的大簿子。我试图重写却无济于事；于是，我出走以寻找前半生的故事。后续的事你们是知道的。我承认我很喜欢听说书人讲故事，然后再听你们讲。二十年后，我有幸重温了我生命中的几个阶段。现在，我很累了，请你们把我一个人留下吧。如你所见，我上年纪了，不过尚未很老。身负两种生活可不寻常，我多么害怕自己犯糊涂，害怕弄丢了现在的线索，害怕被囚禁在这著名的、亮堂的花园里，在那里，一个字也传不出去。

17 盲眼行吟诗人

"这个秘密是神圣的,尽管有点可笑。"

说出这番话的是位盲人。显然,他没有拄拐杖。只是把他的一只手搭在少年的肩上。他穿着深色西装,又高又瘦,来到桌前坐下,另外两人还在思索法图玛的故事。没有人邀请过他,他道了个歉请求原谅,调整了一番墨镜,给了他的同伴一枚硬币让他自个儿找乐子去,然后他转向那个女人,对她说:

"我说的是真的!这个秘密是神圣的,但当它变得荒谬时,最好摆脱掉它……然后你们可能会问我是谁,是谁派我来的,为什么我会这样进入到你们的故事里……你们是对的。让我给你们解释一下……不……你们只需要知道我穷尽一生都在歪曲、篡改别人的故事……我从哪里来并不重要,我也无法告诉你们我迈出的第一步脚印是在河东岸还是在河西岸的泥地上。我喜欢自我创造记忆。这取决于与我对话者的面孔,正因为如此,有的人脸上会显露出灵魂,有的人脸上只可见一副皱巴巴的人皮面具,面具之后什么都没有。我承认,自从我失明后,我一直相信自己的直觉,我经常去旅行。过去,我只是观察、看着、审视并在脑海里记录下来。现在,我重温同样的旅行。我听着,我侧耳倾听,我学到了很多。这真是很奇怪,就好像耳朵在工作一样,它似乎告诉了我们更多事情,也让我们更好地了解事物的情况。有时我会触摸面孔,想要发掘灵魂的痕迹。我经常拜访诗人和说书人,我收集、整理、保护他们的书。我甚至在我工作的地方安了一张床，我是守日者也是守夜人。我睡觉时，被所有这些作品包围，我是它们审慎的朋友、知己，也是叛徒。

"我来自遥远的地方，来自另一个世纪，被另一个故事注入进一个故事，而你们的故事，因为它不是对现实的阐释，令我感兴趣，我照单全收，不管是矫揉造作的还是痛苦的。当我年轻的时候，我羞愧于自己只喜欢读书而不付诸行动。所以我经常和姐姐一起编故事，在故事中我得一直和鬼魂战斗，我可以很容易地从一个故事跳到另一个故事，而从不担心现实。也正是在今天，我发现自己是你们故事里的一件物品，而我对此一无所知。我已经被赶出了故事——也许用词过于激烈——某人在我耳边低语诉说的故事，就好像我是一个垂死之人，必须得跟我说些诗意或嘲讽的话助我离开。我读一本书的时候，就会沉浸其中。这是我的缺点。我早些时候就告诉过你们，我是一个伪造者，我是错误与谎言的传记作者。我不知道是谁的手把我推向了你们。我认为手的主人是你们故事的说书人，他或许是一个走私者，一个文字的贩卖者。为了助你们一臂之力，我会告诉你们我来自哪里，我会告诉你们我所经历的故事的最后几句话，我们也许能够据此解开使你们聚在一起的谜团。

'在没有鸟的黎明，魔术师看到同心火在墙上融化了。有那么一瞬间，他想到了在水中避难，但他很快意识到，死亡就要来为他的晚年加冕，解除他的工作。他在火焰上行走，火没有吞噬他的肌肤，而是抚摸它，淹没它，却无火热也无燃烧。带着解脱、羞辱、恐惧，他明白自己也只是一个表象，明白了另一个人正梦到他。'

"我就是他口中的另一个人，借由连接两个梦的桥跨越了一片土地。跨越的是一个国家、一条河流还是一片沙漠？我怎么会知道？在1957年4月的这一天，我们在马拉喀什的一家咖啡馆里，这咖啡馆的里屋专门用来存放一袋袋新鲜的橄榄。我们在一个公共汽车站旁边，它散发着汽油味，老老少少的乞丐在我们四周游荡，我能感觉到他们比昨天过得更苦。离我左边不到一百五十米处有一座小清真寺，从那儿传来的祈祷声并没有让他们动起来，那么他们为什么要冲向清真寺呢？我理解他们，但我无能为力。很长一段时间里，去贫穷国家旅行的想法令我心生不妙。但我最终克服了，甚至对此不再介怀。因此，我们来到了马拉喀什，当年在布宜诺斯艾利斯市中心，我曾说过，那里的街道'就像是我灵魂的内脏'，这些街道我记忆犹新。

"我来了，作为一位信使。这是一个女人，可能是阿拉伯妇女，或至少是伊斯兰文化下的女人，有一天她来找我，我想她是我某个很久没有联系的朋友引荐而来的。当时的我还没有失明；视力在大幅下降，眼中所见的一切都模糊不清。所以我无法描述这个女人的面容。我知道她很瘦，穿着一袭长裙。但我记得很清楚，她的声音震撼到了我。我很少能听到一个既低沉又尖锐的声音。一个给声带做过手术的男人的声音？一个受着永恒之伤的女人的声音？在世纪之前的年迈的去势者？我似乎早已在我读过的某本书中听到过这个声音，我想，那是在《一千零一夜》中，有一位名叫塔瓦杜德的女仆为了把她的主人从濒临破产的困境中解救出来，建议他把自己领到哈伦·拉希德[1]面前，她学富五车，可以回答学者们最难的问题，万一她取得了成功，主人就可以用一万个第纳尔[2]的价格将她卖给哈里发。当然，她通过了考验。哈伦·拉希德把她纳入后宫，并给了他们几千个第纳尔作为赏赐。

"这是一个有关知识和记忆的故事。我曾喜欢过这个故事，因为我自己也曾被这女仆的知识学问深深吸引，嫉妒她的严密与机敏。

"现在我几乎可以肯定：来拜访我的那个女人拥有塔瓦杜德的声音，可她们之间相隔几个世纪之久。女仆只有十四岁，那个女人年纪更长。但这一切都只是巧合和偶然。我已经忘记了她跟我说了什么。事实上，我没有在听她说话，但我能听到她的声音。当她意识到我没有注意到她的所说所讲时，她把手伸进内口袋里翻找，拿出了一枚硬币，把它给了我。这番举动让我感到了不安，那么她是之前就知道我热衷收集古钱币。我摸了摸那枚硬币，这是一枚 50 生丁的巴泰纳[3]，一种罕见的硬

---

1. 哈伦·拉希德（763—809），伊斯兰教第二十三代哈里发，阿拔斯王朝的第五代哈里发。
2. 古代阿拉伯帝国的金币名。
3. 原文为 bâttène，是一个生造词，研究本·杰伦作品的专家认为，它表达的是"隐藏"的意思，和苏菲派有一定关联。

币，只于1852年左右在埃及有过很短时间流通。我手中这枚巴泰纳磨损得很厉害了，我试图用手指重新感受刻在硬币正反面的两个头像。硬币是1851年发行的，用的是印度数字[1]。我从来都不明白为什么阿拉伯人放弃了他们自己的数字，使原来的阿拉伯数字被整个世界抛弃，而采用这些印度象形文字，其中数字2是6的镜像，8是倒置的7，5是零而零是一个平常的点！硬币正面是一个男人形象，留着精细的胡子、长发、眼睛相当大。硬币反面是同样的设计，只是男子不再有小胡子，看起来有一种女人的外表。后来我了解到，这枚硬币是由一对双胞胎的父亲轧制的，父亲疯狂地爱着这对龙凤胎。这男人有权有势，既是大地主也是政治领袖。事实上，这种货币并非官方货币，是他为了自己开心而轧制的，也只在他的领地范围内流通。

"1929年，布宜诺斯艾利斯有一种价值20生丁的硬币，叫作'扎希尔'。你们很清楚这个词的意思：清晰、可见。它与巴泰纳完全相反，巴泰纳意味着内部，是埋在人体内部的，这难道不就是秘密吗？但有趣的是，拥有两个相似头像的硬币恰恰夺走了原本属于秘密的一部分神秘感。我知道，根据文字记载，扎希尔位于得土安[2]一口井的井底，就像佐滕伯格[3]说的

---

1. 现在全世界通用的阿拉伯数字最初由古印度人发明，后由阿拉伯人传向欧洲，人们以为是阿拉伯人发明的，所以称其为"阿拉伯数字"，最初的数字符号如文中所描述，和现代阿拉伯数字符号不一样。
2. 摩洛哥北部城市。
3. 佐滕伯格（1836—1894），东方主义者和阿拉伯主义者。

那样，它是筑造科尔多瓦清真寺一千两百根大理石柱子中的一根拥有的大理石脉络。巴泰纳之所以有意义，只是因为一只陌生的手把它递给了我。类似某个教派成员之间的密语，然而，我不属于任何教派，我也不明白这个举动有何含义。

"我拿起放大镜，开始寻找硬币其中一面上的某个特殊标志。硬币上刻有一个十字架，但它一定是偶然和时间的产物。

"这位女士默默地观察我。我邀请她坐在一张旧的皮沙发上。她个子很小，整个人缩在扶手椅里。当她的眼睛没有看向我摩挲硬币的手时，就在这个放满书的房间里转来转去。她好像在数书，我还注意到她的头随着视线移动而移动。在某一时刻，她站了起来，慢慢走到最深处书架边，取出一本《古兰经》手稿，这是埃及国王法鲁克手下一位科普特大臣在访问开罗的爱兹哈尔大学时赠予我的。

"她的步态给人一种同时兼有脆弱、笨拙又优雅的感觉。她转向我，用蹩脚的西班牙语对我说：'您拿着阿拉伯语的手稿做什么？'我回答说我喜欢阿拉伯文字、书法和波斯细密画。我也跟她说，我每年至少去一次科尔多瓦，以怀念安达卢西亚幸福美好的日子。我还告诉她，我读过的所有《古兰经》译本都给我一种强烈的直觉，阿拉伯的文本典雅优美。她点了点头并开始低声诵读几节经文。那是介于诵诗与哀歌之间的窃窃私语。我就这样离开了她，任由她沉浸在书中，怀着特有的幸福和激情，那是一个刚刚找到自己寻觅了很久的东西的人才会怀有的。我有那么一瞬间想让她听阿卜杜勒·巴西特·阿卜杜勒·萨马德[1]念诵《古兰经》第九章《忏悔》,但我放弃了。

"真是怪异的局面!我就像是在一本书里,作为书中所描绘的生动人物之一出现在故事中,好让读者感到焦虑;我也许是一本书,是我曾工作的书房里那些排列紧密成千上万本书中的一本。然后,一本书,至少在我看来,就像个迷宫,意在迷惑他人,让他们迷失方向并把他们带回到自己野心的狭隘维度。

"因此,在1961年6月的这天下午,我发现自己和一位神秘女士共处在我的书房里,间间还夹着一枚甚至未曾用过的旧硬币。黄昏时分,天空呈现出黄白相间的淡紫色。我感到,这就是幸福死亡的面孔。我并不害怕,我早就知道,死亡或它的影射会让人变得可贵、可悲,我也曾在书中和梦中见过它许多次。我闭上眼睛,一个备受折磨的男人的脸一闪而过;在我脑海中,他只能是那位坐在我家读《古兰经》的女士的父亲……从那一刻的幻象起,我不再是原来的我,就在刚才我把我的整个身体放入了齿轮中。我并不会因此而不快,可我更希望能亲自操纵。我被迫行动,我的想象力只能跟随,却无法介入。我对自己说,我不断编造的故事里面都是些如同死人的活人,我把他们扔到分岔的小路上或是没有家具、满是沙子的房子里,我孜孜不倦地扮演天真学者,于是,我被囚禁在这个房间里,和一个人物或者说和一个谜关在了一起,那是同一个人

---

[1] 阿卜杜勒·巴西特·阿卜杜勒·萨马德(1927—1988),被认为是有史以来最好的《古兰经》背诵者之一。

的两副面孔，一个陷入了未写完故事的泥潭中的人，一个关于二重性和逃逸的故事！我坐在那里，掷着硬币，视自己的生活如儿戏。一个内心的声音以恰到好处的讽刺对我说：'早晨的阳光照在青铜剑上，那儿早已没有了血迹。你会相信吗？那年迈的男人几乎不为自己辩护。'

"我就是这个年迈的男人，一个人物角色的俘虏，要是我在摩洛哥或埃及待的时间再久一点的话我本可以塑造的一个人物。我于是听她说话。这位女士合上了《古兰经》，把它放在了将我们隔开的桌子上。这本圣书就这样放置在我俩之间一定是为了阻止谎言。不管怎样，绝非出于偶然。这位女士向我伸出了手，把硬币拿回去。她检查了一下，把它放在了《古兰经》上，然后用中性的口吻对我说：'我到达的那时那刻那地，我会停一会儿，褪去我矫揉造作的面具，一层一层剥掉我所有的皮囊，我像剥洋葱一样在您面前剥掉我的最后一层，为了谈论罪恶、错误和耻辱。

"女士盯着《古兰经》沉默了很长一段时间，之后继续说道：'如果我决定今天说出来，是因为我终于找到了您。您是唯一一个能理解我为什么此时此刻会在这里出现的人。我不是您笔下的人物，尽管我本应该是的；但是，我并不是作为一个装满沙子和文字的人物呈现在您面前的。过去的几年里，我只是一个可笑的流浪者，一个逃亡的躯体。我甚至知道，我在自己的国家因为谋杀、窃取身份、背信弃义和篡夺遗产而被通缉。我苦苦找寻的不是真理，我无法辨识它。也不是公正，这是不可能的。《古兰经》的经文具有法律效力；这些都不为女人服务。我所寻求的不是宽恕，因为本应该给予我宽恕的人已经不在了。然而，我需要公正、需要真理也需要宽恕。我从一个国家到另一个国家，怀着一种隐秘的冲动，想要在遗忘中死去，在冲刷掉所有的怀疑之后在命运的裹尸布中重生。最后，幸福死亡的想法照亮了我，它解救我脱离了压在我身上的一切，如同永恒的诅咒。我已经学会了将我的生活分离出来，远离这些一碰就碎的地方和物件。我离开了，独自走出了我的过往，相信如果远离故土，我会找到那份遗忘和安宁，我最终会得到宽慰。我离开了一切：老房子、权威（我被指责对家人施展的权威）、书籍、谎言和强加给我的巨大的孤独感。我再也不能假装过着让我感到羞愧的生活了。'

"我得向你们承认，直到现在，我都不明白她到底想表达什么。我耐心地、怀着好奇心地听她讲述，因为她早已知道如何让我心生困惑，知道如何引起我的注意，我一动不动坐在扶手椅中，忘却了时间。在接见她之前，我感到无所事事，常常在书房里转来转去。我年事已高，身边大多数朋友都过世了，视力每况愈下，失明在所难免。医生曾警告过我，要准备好面对这份难以忍受的孤独，我只能依赖他人。好几封信都宣告了她将来访，斯蒂芬·艾伯特的引荐更是吊起了我的好奇心。斯蒂芬是我一位早已去世的老朋友，他曾在天津当过传教士。我觉得寄引荐信这个手段很有趣，女士不知道斯蒂芬已经过世了，甚至不知道他到底是谁。我已经收到过几封由我笔下虚构人物签名的信了。毕竟，我没有编造任何东西。我阅读书籍和百科全书，我查阅字典，我叙述一些相当可信的故事，既是为了获得乐趣，也是为了蔑视时间带来的焦虑，它每天都在我们共同的坟墓上多挖掘一点点。我一生中从未停止过用文字的力量来对抗——书法体的东方语言符号让人头晕目眩——对抗现实世界和想象世界的力量，不论是可见的还是隐秘的。不得不说，相比那些在我看来暴力的、肉体的、限定的物质，我更喜欢在梦境和不可见之处冒险。

"经历了很久的沉默，在这位女士等待一份回复、等待一个鼓舞人心的回应时，我对她说了一些可怕的话，就像玩闹似的，这是我记得写在1941年为数不多的几句话之一：'想要投身一项残酷的事业，那他必须想象自己已经将其实现了，他必须把一个不可挽回的未来强加给自己，就像这是他的过去一样。'我不知道这番话会伤害到她。我斥责她有所保留。我错了，我有什么权利说出这话？我，独自退隐在离死亡不远的地方，快要失明，被层层的黑暗所包围，这些黑暗慢慢向我逼近，要永远地夺走我的白昼、光亮和太阳，为什么我乐于玩弄这位女士的命运呢？我必须说点什么，不能继续保持沉默或无动于衷。这很奇怪，但这位差点遇险的女人唤醒了我对欲望的记忆，有时，对一种情感的记忆会比现实本身更猛烈、更强烈。我该怎么告诉你们这些，而今我回到了黑暗中，带着一本翻开的《古兰经》和一枚旧硬币？对我来说，她在我心中留存的形象比她的人生故事更模糊。我怀疑她仍然戴着面具，在河两岸来回游荡。是的，这份欲望把我带回了三十年前或三十年后。不管怎样，我被时间的长流推动，由于我放弃了用一些标志来标记时间的流逝，有时我会陷入茫然若失。这正是我个人的迷宫，我喜欢称之为'清静亭'。我在脑海中重构了欲望的几个阶段，我曾对一个来书房向我借书的女人动了欲念。她很瘦、很高、很苗条、很优雅。她说话很少，读书很多。我试图根据她从书房拿走的书来猜测她的性格、内心、她秘密的激情。我记得，她曾读遍《一千零一夜》所有可以借阅的译本，她阅读莎士比亚的作品。我想她是在为一段艺术生涯做准备。我对她一无所知。有一天，两个书架间的狭窄过道里只有我们两个人，背靠背，各自找书。在某个时刻，她转向了我，在一次奇特而又幸福的巧合里，我们的手几乎同时落在了同一本书上：《堂吉诃德》。我本是偷偷为她找这本书，不是为了让她发现这书，而是为了询问她是否想重读一遍。我们俩的身体靠得太近了以至于我感到一股熟悉而羞人的热浪涌上头。她的秀发拂过我的脸，转瞬即逝，却足以让我失去镇定。她拿走了那本书，之后我再也没见过她。有时我仍然会想起她，尤其是重温这意乱情迷的时刻。有些情绪会成为你们一生的烙印。从那时起，尽管我不愿承认，但我一直寻找着这张脸，这副身体，这短暂存在的表象。现在，我已经完全丧失了找到她的希望。而且，即使真的找到了，我也会十分难过。

"这个女人的形象不时闯入我的梦中，造访我，那梦也就变成了一场噩梦。她慢慢靠近我，她的头发被风吹起，掠过我全身上下，对我微微一笑，然后跑开了。我跟着她跑了起来，发现自己来到了一所安达卢西亚的大房子里，那儿的房间互相连接在一起，然后，正当我要离开房子，麻烦来了，她停了下来任由我靠近她，就在我差点追上她时，我发现这是另一个人，一个男扮女装的男人或是醉酒的士兵。当我想要离开这座迷宫般的房子时，我发现自己身处山谷之中，然后在沼泽里，在镜子团团包围的平原上，就这样不断地变换下去，永无止境。

"自从我失明以来，我就只能做噩梦了。我被自己写的书纠缠着，因此我喜欢把噩梦称为'夜晚的寓言'或'故事的黑马'，甚至是'每日浮夸一笑'……

"最近，我做了同样的梦，我想我是在追赶这个自摩洛哥而来和我说话的女人。还是在那座科尔多瓦的大房子中，当我从房子里出来的时候，我发现我不在安达卢西亚，而是在得土安。是那个女人引着我走，她拉着我的手，我抗拒。我不想在得土安的街上行走。她随后放开了我，我发现独自一人在大广场上，它被称为'塞万提斯广场'——如今，它已经更名，我想人们称之为'胜利广场'，胜利归于谁，战胜了什么？我不知道，这样的梦我做了好几次。我曾在1936年到过得土安，那里有很多西班牙人，特别是那些受殖民野心驱使的小人物，还有不少阴险奸诈的长枪党人。我还记得那里曾有一个平静的小镇，摩洛哥的民族主义运动正是在那里打响。

"你们知道，当人失明的时候，会靠怀旧生活，对我来说，怀旧是一团明亮的薄雾，是我过往的腹地。夜晚一个接一个地落在我眼中；这是漫长的黄昏。如果我赞美暮色，是因为这漫漫长夜让我重获探索和亲近的欲望。我从未中断过旅行，我重又回归了噩梦的步伐。我跋山涉水不是为了看风景，而是为了检验一个城市或国家的芬芳、喧嚣和气味。所有一切都是我留在别处的借口。自从失明后，我频繁地出行。我仍然相信，一切事物之所以为作家所有都是为了为其所用的：快乐与痛苦、记忆和遗忘。也许我终会知道我是谁。但这就是另一个故事了。"

当这位双手拄着拐杖的年迈男人说话时，各种各样的人渐渐围拢在他身边。咖啡馆变成了学校里的一间教室。听他讲故事的人们坐在椅子上，他看起来就像一个在给学生授课的老师。人们为这张两眼无神的面孔着迷，也被这略带沙哑的声音吸引着，他们聆听着这位来自另一个世纪、来自遥远的、几乎无人知晓的国度的访客，听他缓缓道来。

他从椅子拖动的声音和咖啡馆里弥漫的寂静中感觉到了，一群听众已经聚在了一起，正在聚精会神地听他说话、注视着他。曾有一次，他说到一半时停了下来，然后问道：你们都在吗？我再也听不到山间那可贵的喧嚣声了……我来到这片土地，被孤独裹挟至此，我在黑夜的深深处寻找您，从故事中逃跑的公主；听我说这番话的人们啊，如果你们看到她，请告诉她那位被月亮爱过的男人就在这儿，告诉她我就是这个秘密也是奴隶，是爱也是黑夜。

观众们沉默不语。突然，一个男人站起来说道：

"我们欢迎您来到这里……请给我们讲讲那位给您硬币的女人。她跟您说了什么？"

另一个声音从大厅深处传来：

"是啊！这个女人都对你说了些什么？"

他向听众挥手示意要他们耐心等待，他喝了一口茶，继续讲他的故事：

"这个女人很是焦虑不安，她试图不表现出来，但我们能感觉得到，她一定很害怕，害怕自己被报复、害怕纠缠着她的恶意，或仅仅是害怕警察的追捕。我不知道她是否犯下那些被指控的罪行。我知道她曾跟随过一个外国人，一个来自拉丁美洲的阿拉伯人。那人是个埃及或黎巴嫩的商人，前来采购地毯和珠宝。她跟随他一起离开了，相信自己可以逃离过去。对这个男人来说，这是一段爱情故事；对她来说，这是个逃跑的机会，她却和富商一起生活了几年。她没有给他生下子嗣，男人很不高兴。她背着沉重的心理负担，嘴边常常挂着这句话，让我原封不动地告诉你们：'我活着就是为了忘却自己。'那男人是商人，不是诗人。他被女子的美貌和孱弱迷得神魂颠倒。起初，女人想替丈夫打理生意，男人却为此有点生气。她整天整天地待在布宜诺斯艾利斯北部的一所大房子里。这不是她告诉我的，但我后来从费尔南多·托雷斯那本《未完报告》中了解到一些情况,这本书记载了一位阿拉伯商人的宅子里发生的一些怪事。

"她第一次来访时,不怎么说话。第二次来时——那是十七天后了——话多了一点,但也没有透露任何秘密。我能感觉到她遭受围捕,受到伤害,处在峡谷的险口上,在悬崖之巅。她谈及消失,谈及消融在沙子中。她说,那些被她伤害过的人在日夜追杀她。当她不再抱怨时,她又叹了口气补充道:'说到底,我甚至都不知道我自己是谁!'她的自白使我了解到,她至少做过三件事:过属于他人的生活,让某个人死去,撒谎后逃走。这不足以让我想象出一个侦探故事,事实上,我想到的也并非情节,我走进了谜团中。我被这个女人深深地迷住了。在她消失了很长一段时间后,我还迫切地想要去找她、与她攀谈,向她提问。她保持着神秘感,也许是唯一一位不和我谈论迷宫、镜子和老虎的人。无论如何,她都是我在眼中记下的最后一张面孔,我要永远记住。一张丰满的脸蛋,正如你们可以猜到的,我从来不喜欢扁平的脸,也不喜欢厚实、湿乎乎的手。

"那时候我刚满五十五岁,我生命中的一段就这样结束了。失明是一种闭幕,却也是一种解放,一种激发创造的孤独,一把钥匙,一件难懂的事。我以积极的姿态迎接这层迷雾的降临。当然,一成不变、静止不动的昏暗是令人无法忍受的。我醉心于色彩的葬礼:我永远丧失了红色;至于黑色,人们把它和不合时宜的夜混为一谈;只有黄色还存在于这层迷雾中。我决定改变，不是改变我的看法，而是改变我的担忧。我的一生都倾注于书了，我写作、出版、毁过书、读过书也爱过书……我的一生都在和书打交道。这位女士是由一只仁慈友善的手遣送来的，在我的夜晚尚未降临之前，她来了，给我送来了最后一个形象，把她的面孔带进了我的记忆，那是一副完全面对过往，需要我猜测的面孔。我告诉自己，这不是偶然，确确实实是一位匿名人的善意：把一个动人的美女形象带到我的秘密之旅里。我在这副面孔的伴随下走进了黑暗，这面孔将比书籍占据我更多的生活，我走进了这条长长的黄昏之廊。如今我可以说，我为了这张脸伤透了脑筋，经常忘记它的轮廓。它到底是图像，纯粹的幻象，蒙在生活上的面纱，还是在梦中编织起来的隐喻？我知道，我对这张脸的兴趣，对侵入一颗疲惫内心的兴趣，让我重拾青春，重拾去旅行和出发的勇气：去寻找一些人或事。

"在我开始追寻这张脸之前，我得先摆脱一些秘密，我再也不用肩负保守秘密的责任了。我去过那里，小溪马尔多纳多流经而过——如今它被掩埋了——我用光滑的石头洗澡，生活在沙漠中的穆斯林用同样的石头代替沐浴。我在沐浴时想着那些消失了的朋友，想着他们在临终前托付给我的一切。只有那个阿拉伯女人的秘密仍在那儿，在我的胸腔里，无法摆脱。是这秘密留住了我，而我却对它一无所知，只知道其中女扮男装还出了差错。这枚硬币是一个征象，指引我的找寻。近来，当我漫步在阿尔罕布拉宫的花园里，西班牙园丁为种植玫瑰而翻弄新土的气味扑面而来，我产生了非常强烈的直觉，这张脸属于备受折磨的灵魂，我必须继续旅程，直到得土安，直到非斯和马拉喀什。这次游访类似朝圣，我必须马不停蹄地完成这件事，直到我能让这个灵魂重拾它所需要的安宁。它是一条被锁住的灵魂，正在受苦受难。这个女人可能很久以前就过世了。可我仍然能听到她的声音，她没有说话，而是低语或呻吟。我被这痛苦困扰着，只有这片土地，它的光，它的气味还有它的狂热才能为这女人带来清静。她本想跟我诉说她的故事，也不会把她遭受的非人待遇一语带过，但她更愿意留下一些符码让我破译。第一个隐喻是一串有七把钥匙的钥匙环，用来打开这座城市的七扇门，每打开一扇门都会给她的灵魂带来些许安宁。在我阅读佚名者的手稿——15世纪在科尔多瓦清真寺的一块石板下发现——《穆阿台绥姆的传奇故事》时，我才明白了第一份礼物的含义。我想我了解到一位来自遥远南方的说书人试图跨越这些大门，而命运或恶意阻挠了这个可怜人最终完成使命。

"她给我的第二个物件是个没有指针的小钟，这钟可以追溯到1851年，恰恰是在这一年，埃及铸造了50生丁的硬币，而后又迅速退出了流通。她还给了我一张祈祷毯，凌乱的纬纱再现了著名的《霍斯劳和席琳[1]的新婚之夜》，这是一幅波斯细密画，是为诗人尼扎米[2]的作品所配的插图。这是傲慢。一个

---

1. 著名的波斯爱情悲剧故事，在波斯历史叙事长诗《列王纪》中可以找到历史人物原型。
2. 尼扎米（1141—1209），12世纪的波斯语诗人、学者。

好的穆斯林是绝不会对着一幅十六世纪的色情画作祈祷的！我试图破译与七把钥匙、时钟和硬币有关的隐秘顺序。我想我还没找到门道。然而，她送给我的最后一件礼物不是一件物品，而是一个梦境的故事，故事的开头是一首诗，她认为是生活在10世纪的菲尔多西[1]所写。我把这诗念给你们听，原封不动按她抄写的版本：

> 在这具隔绝于外的身体里，他是一个年轻的女孩
> 脸比太阳还璀璨多雾。
> 从头到脚，全然同象牙一般，
> 脸颊像天空，身形像柳树。
> 银色的肩膀上扎着两条黑色的辫子
> 辫子两端好似一根链条上的环。
> 在这个隔绝的躯体里，他有一张黯然失色的脸，
> 伤口，阴影，骚动，
> 一具隐藏在另一副身体里的躯体
> ……

如你们所知，这首诗被篡改过了，这样才能道出他的痛苦。梦境把我们带到沙漠中的道道大门，带到了许许多多作家和画家想象中的东方。

---

1. 菲尔多西（940—1020），广受尊重的波斯诗人。最重要的作品是《列王纪》。

18 安达卢西亚之夜

这个梦清晰、致密。我正要去找一头乌黑长发的人。我走在布宜诺斯艾利斯的街道上，梦游者一样，被秀发那微妙而稀罕的香气所指引。我在人群中看见她，不由加快步子，她却渐渐消失在人群中。于是，我继续我的旅程，直到我发现自己出了城，迷了路。在石堆和烧焦了的牛头中，在如今被称为贫民窟的秘密街区中间，我独自一人，腐肉的气味使我透不过气来，一群半裸的孩子挥舞着手中切成步枪形状的木片，玩着游击队的把戏，他们嘲笑我，向我发出嘘声。我当时很害怕。我的梦成了一场噩梦。我忘记了自己为什么要从书房里出来，也忘记了我为何面对这群饥肠辘辘、时刻准备动用私刑处死我的孩子。我跑不动了，我喘不上气，我困在了死亡陷阱里。我知道这种厄运。正是在这激动人心的时刻，我再一次看到了黑发人，我得救了。我毫不费力地离开了贫民窟。在大约几百米远的地方，一个身影向我招手示意我跟上它。我照办了，发现自己来到了一个阿拉伯城镇的穆斯林教徒区。我没有看到寻觅的秀发，也没有人向我招手。我独自一人，心境平和，甚至很高兴在这些狭窄阴暗的小巷中漫步。在这里，不是所有的女人都戴着面纱，男人们幽默地吹嘘着他们的商品，他们出售各种颜色的香料、拖鞋、地毯、毛毯、干果。一些人大声叫卖，一些人唱卖。穆斯林教徒区在我看来错综复杂——街道和广场交织——任何奇迹都可能发生。我很有可能在那儿找到黑发的女人。我从阿根廷的贫民窟走入阿拉伯的穆斯林教徒区，我眼花缭乱，惊诧连连。街道上挤满了小商贩和老乞丐，还有一位磨刀者，他把磨刀石安装在自行车上，走街串巷，吹起塑料材质的口琴，发出尖锐刺耳的声音，打老远就能听到。那里有卖水的商贩，一个驼背的老人，发出漫长而痛苦的叫喊声——那叫喊介于骇人的狼嚎和被弃的犬吠之间——他在夸耀泉水的甘洌清纯和诸多好处，他把泉水存储在黑色羊皮酒囊里，斜挎在身上。也有一些乞丐用一种近乎机械的方式一遍又一遍地重复着连祷，他们伸开手，一动不动，永恒不变。这条街如果没有他们是不会存在的，这是属于他们的一条街。我不知道我怎么会突然坚定地相信，卖水的、磨刀的、其中一个乞丐，一个瞎子，都是我正在讲述故事的一部分。我视他们是亲戚或同伙，我也相信，他们共同商议是为了给我指路，用他们的歌声和姿态，在一具瘦弱而变幻不定的身体里建构唯一的、同样的面孔，所有这些小街小巷编织出的故事令我摇摆不定。我看着这三个男人伫立在教区，他们就像跟随太阳移动的影子。后来我在梦里知道了，他们是被某个人派来的，那个人的记忆像痛苦一样一直纠缠着我。我很痛苦，又说不出哪里苦。当我专注于这痛苦，我蹲在了一座清真寺的入口，我看到了，如同一个幽灵幻影，那是一张年轻女人的脸，浮肿、被内心的紧张不安折磨得皱巴巴的。我看到了这张脸，然后看到了她蜷缩在大购物篮里的小身板，她的腿许是弯曲着或扎根在地里。只有我一个人看到了这幅残忍的画面，在这条昏暗的小巷子里，可能是在清真寺的另一边。黑暗突然降临。穆斯林教徒区成了黑暗之城,我只能听到那三个人的葬礼祷告。他们带着鼻音的尖锐嗓音勾勒出脸孔的线条。这不再仅仅是一个幻象了,是一种我能感受到其气息和温暖的存在。它随着间歇的沉寂而消失了。

这个梦萦绕了我好几天,我再也不敢离开书房,我害怕夜晚和睡眠。黑发女人事实上只是死亡伸出的一只手,把我推向虚无。为了摆脱这萦绕在脑海的念头,我决心踏上梦境之旅。毕竟,在死亡和我之间,不应该超过一季之长。那么不妨迎着考验前行。我忘了告诉你们,在这处穆斯林教徒区,流通的硬币不是别的,正是那著名的 50 生丁硬币,巴泰纳硬币。那里也有我们时代的钞票。

朋友们!你们以你们的热情好客耐心地听完了陌生人的诉说。但是,自从这个故事和里面的人物来到了我的夜晚到处游荡,我的灵魂变得昏昏沉沉。正如白昼降临到黑夜之上,河流消失在大海中,我的生活面对着遗忘急不可耐。我以为死亡会突然降临,没有预兆,没有仪式。我错了,死亡是一条充满痛苦的路,不是为了取悦我!它花费了很长时间。我的灵魂苏醒了,我的身体站了起来,行走了起来。我没有过问太多就只是跟随它,我穿越了欧洲,在安达卢西亚停了下来。尽管我年纪大了,也体弱多病,我还是做了一件疯狂的事:我在阿尔罕布拉宫殿里待了一整天。我嗅出了一些味道,我闻到了泥土和石头的气息。我摸了摸墙壁,任由我的手在大理石上徘徊。于是，我第一次闭着眼睛参观阿尔罕布拉宫殿。在一天即将结束时，我躲在了摩尔人的浴室里面。警卫什么也没看见，于是我把自己关在了宫殿和花园里。晚上九点左右，当时正值七月，天气很温和，我像个孩子一样从藏身处出来。我多么幸福啊！多么快乐啊！我开心到有点颤抖。我就这样走着，也没有摸索什么。我听着涓涓细流，深深地吸气，茉莉花、玫瑰花还有柠檬树的清香扑面而来。我仿佛听到安达卢西亚音乐在此演奏的回声，尽管已有五个世纪之遥。当管弦乐队停止演奏时，穆安津用他响亮的、不加修饰的声音祈祷。我想到了国王、王子、哲学家、学者，他们离开这个王国，把国家和它的秘密留给异教徒的十字架。我的手放在大理石上，以此作别这一天，结束了怀旧，告别了这段陈旧的记忆。我度过了一个动情的欣快之夜。我被月亮所爱。我把自己的夜融化在了笼罩着阿尔罕布拉宫的甜蜜夜晚中。我想我在这个安达卢西亚的夜晚中短暂地恢复了视力，这夜晚照亮了我的夜晚，某种愤怒的孤独，在时间中游移，被阻挡在了墙后。当然，我听到了一些声音，那是一场盛宴。诗人背诵着我烂熟于心的诗句，我常常跟他们说起这些。我寻着声音走来，来到狮子院，那里充斥着时间静止的滞重寂静。我坐在地上，就好像有人叫我待在那里，不要随意走动。我再也听不到诗人的声音了，我在记忆中寻找我的声音。青春期的第一段记忆是我在同样的花园里陪伴他那已经失明的父亲。突然，一个低沉、嘲讽的女人声音从外界传来。我有所预料。这些地方是有人居住的。女人慢慢念出了阿拉伯字母表最前面的几个字母：Aleph……Bà……ta……Jim……hâ……dal……歌唱字母的声音萦绕在庭院里。我一直待在那儿，直到天亮，我一动不动，侧耳倾听，双手紧紧抓住大理石柱子。那是一副从男人身体里发出的女人声音。就在天空泛白的前夕，两只有力的手围住了我的脖子，试图勒死我。我用尽最后的力气挣扎、反抗，这些都是最可怕的了。我从未想过我有这么大的力气，我用手杖给出盲目的一击。那人在没有松开手的情况下发出了痛苦的叫喊。我感觉他的身体稍微向左偏移了一些。我一使劲，起身给了勒人者一记重击。

是一个人，一个不幸的天使，一个幽灵，还是一只注定要孤独死去的鸟，是一个男人还是一个女人？我是真的经历了这次与蒙面男人的肉搏战，还是说我只是在安达卢西亚之夜的梦境中梦到了这件事？我只知道，早上我筋疲力尽，脖子和颈背都很痛。我知道那个夜晚很漫长，发生了很多事。我知道，第二天的我不一样了。我在阿尔罕布拉宫流连忘返。陪同我的那个年轻人一定会很担心，他早已经意识到我把自己囚禁了起来。他一大早就在主入口等我，尽管疲惫不堪、睡眠不足，但我还是很高兴。现在我知道，晚上倒在我身上的那具身体戴着一顶又厚又长的假发。它一定是死神或他的同伴。嘲弄于我的死神靠近我，然后带着同样的恶意、同样的傲慢离开我。今晚本该是最后一晚，我本可以在格拉纳达的这个晚上好好地死去。但我凭着年轻人的愤怒进行了反抗。我感到自由了，感到自己从这种漫长而痛苦的等待中解脱出来。自此之后，她能翩然而至，我认识她的脸、她的声音、她的手，我知道很多关于她的事情，但像平常人一样，我并不在乎她哪天到、几点来。这些年我不停地行走，走得很慢，就像一个从很远的地方而来的人，远到不再期望到达……

我现在在哪里？我闻到浓烈的鲜薄荷的气味，听到水果商贩的叫卖，闻到饭菜的香味，我们一定离一家人气餐厅很近了。浓郁的香味，混合着烧焦的油味，对一个走了远路的老人来说这一切都令人陶醉。我是阴谋的对象吗，被蒙骗、遭背叛？现在，请告诉我，如果你们手中掌握着我的命运，是否会在科尔多瓦、托莱多或格拉纳达的某个宫殿中发现一具躯体或一本书？

我是梦见了安达卢西亚的夜晚，还是曾切实经历了那一夜呢？自从经历了格拉纳达那一夜，这画面一直徘徊在我脑海：在一座大房子的庭院里，一匹脱缰的疯马横冲直撞。你们的沉默是一场艰难的考验，我对你们祖先的这片土地并不陌生，对这个不断前进、笼罩你们的黄昏如此熟悉。这一切都是由一个女人缔造的，是她酝酿了出格的、不可能的、无法想象的事情。我所说的这些就是这秘密的第一缕曙光；如果我避而不谈其荒唐可笑之处，那是为了维护每一个已被死亡拥抱的人所需要的片刻安宁。

我还要引用生活在 12 世纪的迪旺·阿尔莫克特·埃尔·马

格里比的话,我不是在背诵,我是在回忆这四行诗[1]:

"其他的人都死了,但这是在过去发生的

那一个最有利于死亡的季节(没有人不知道)

有没有可能我,雅各布·曼苏尔[2]的臣民,

像玫瑰花和亚里士多德那样死去?"

---

1. 西班牙语(十一音节的)四行诗。
2. 雅各布·曼苏尔(1160—1199),穆瓦希德王朝哈里发,曼苏尔治下贸易繁荣,建筑艺术、哲学和科学研究发展繁盛。

19 沙之门

　　一个男人，长着灰色的小眼睛，近乎因疲倦和岁月而合上了双眼，胡子被散沫花染成了橙红色，头上裹着蓝色头巾，他坐在地面上，像受伤的动物一样伸展着身体，看向刚刚陷入沉睡的陌生人，他睁着眼睛，抬头看向天花板，也不在寻找些什么，任凭梦境、镜子、泉水、苍蝇、蝴蝶和白天从眼前飘过。

　　男人们和女人们都一动不动。他们害怕突然吵醒这个受秘密束缚的陌生人，这是一个令他们好奇而他们又只知道零星点滴的秘密，他们沉思并等待。白昼将尽的光线在移动物体，给最朴素的物件投射出阴影，用短暂的华丽使它们鲜活起来，从脸上掠过，止于一个眼神，然后什么也不打扰地就清除整个场景。灰色眼睛的人试图站起来，他挣扎着抬起腿，靠在凳子上，拖着腿痛苦地走向咖啡馆门口。破旧又肮脏的斗篷将他严严实实地包裹起来，人们几乎看不清他的面部特征，他用一小截头巾布尽力掩饰，他的腋下夹着一个旧书包。他走近一动不动的听众，停了下来，在一张吱吱作响的椅子上坐下。一个男人做了个手势让他安静下来，但那破椅子还在吱吱作响。他要了一杯水，邻座把自己的半杯给了他。老人从书包里拿出一撮黄色的粉末，在水中稀释后吞下，一边低声呼唤神明减轻他的痛苦，治愈他。他放下水杯，向邻座点头致谢，把书包放在桌上，打开它，从里面拿出一个用烂了的大簿子。他毫无征兆地把大簿子举到空中，说："都在这儿了……神明作证……"

听众动了起来，转身离开了熟睡的陌生人；背对着他，把他一个人留在那儿做白日梦。"都在这儿了……你们知道……"戴蓝头巾的人重复道。这话由一个熟悉的声音说了好几遍，就像一把神奇的钥匙，可以打开一道道被遗忘的或是被堵死的门。他指着盲人说："等这个人死了，我们会变得更加贫瘠。无数的东西——故事、梦境和地方——都将随着他的过世而消逝。因此，我来到这里，我再次与你们在一起，待上几个小时，几天。自上次相聚，事情已然发生了变化。有些人走了，有些人来了。在我们之间，灰烬和遗忘。在你们和我之间，有很长一段时间的缺席，我流浪过的沙漠，我生活过的清真寺，我读书和写作的露台，我睡过的坟墓。我花了很久才来到这个人生地不熟的城市。我离开了大广场，被驱逐走的。我在平原上漫步了很久，走过了几个世纪。都在这儿了……神明作证……"他停下来了一会儿，盯着那本大簿子，打开，翻了几页：里面是空的。如果凑近了看，可以发现有书写的痕迹，黯淡的墨水写下的零星几个句子，用灰色铅笔绘就的平平无奇的小图。他继续说："这本书里面什么也没有，它遭到了破坏。我在一个月圆之夜冒冒失失地翻阅了它，月光的照射下，这些字一个一个地被抹去。时间写进这本书中的云云，什么都没有留下……当然，还有一些零星碎片……几个音节……月亮因此侵占了我们的故事。当满月不知廉耻地盗取这一切，被摧毁的说书人还能做什么呢？我因为沉默、逃避和流浪而被谴责，我没怎么活过。我想忘却这一切，却没能办到。我遇见过江湖骗子和强盗,我在入侵了城市的游牧部落中迷失了方向。我经历了干旱,牲畜的死亡,平原上人们的绝望。我走遍了这个国家,从北到南,从南到无边无际。"

盲人醒过来了,头动了动,睁开的眼睛没有停留在任何东西上,悬置的目光使他看起来就像第一天失明。他站了起来,空椅子倒下了,发出了令人不快的响声。一个男孩冲了过去,一把抓住他的胳膊。他们一起到了大广场上,这个时候广场并不是很热闹。老人在男孩耳边轻声说了几句话,男孩停了一会儿,然后把他引到了一圈在垫子上席地而坐的男男女女身边,围住一位身穿白衣、说话慢条斯理的女士。人们给盲人腾出了一个位置,他坐在地上、跷起二郎腿。这位女士的声音吸引了他所有的注意力。于是,他从自以为掌握了故事的所有钥匙,但他既不知道故事的开头,也不知道故事的发展方向。他欣喜地发现自己陷入了一个句子中间,就像在穆斯林教徒区的旅程,他由着性子兴致勃勃地探索,又迷失在迷宫中,而这一切都是他在布宜诺斯艾利斯的书房中描绘出来的。这位女士继续讲故事:"……触摸,是为了看到!否则,那把剑就只是被附身的王子的幻象!刀刃在正午的阳光下闪闪发光,然而,人们正清洗着鲜血早已凝固的石板……"

盲人点头表示同意。

广场另一头,在咖啡馆里,戴着蓝头巾的男人继续讲着他的故事:

"如果我们的城市有七扇门，那是因为它受七位圣贤所爱，但这份爱已成为一种诅咒。我现已知晓，自从我敢于讲述那第八个孩子的故事和命运。死亡就在那里，在外面，像随机转动的轮盘。死亡有一张脸、一双手和一副嗓音，我认得它。它陪伴我左右有很长一段时间了。我已经对它的玩世不恭习以为常，我不怕它。它把我故事中所有的人物都带走了，截断了我的财路。我离开这个地方不仅仅是因为人们把我们赶走，而是因为，至少在我看来，死亡正在一个接一个地消灭我的主人公。我在夜晚离开，在故事发生之中离开，向我忠实的听众承诺在第二天继续冒险。当我回来的时候，故事早已经结束。夜里，死亡收割了主人公们。于是，我发现自己口中只剩下一点零星的故事，我既不能以此为生也无法将其传播。我的想象力受到了摧残，我试图为这些突然发生的消失作出辩解。听众对此并不买账。我远远地就可以听到死亡的笑声，它在嘲讽我。我翻来覆去、吞吞吐吐地讲着。我再也不是说书人，而是江湖骗子，被死亡拿捏的傀儡。起初我不明白自己身上到底发生了什么，我怪自己年老忘事。这甚至不是贫瘠的问题，因为我曾拥有许许多多的故事。我只需要讲述它们，掏空它们。我常常夜不能寐。正是在这样一个夜晚，我觉得死亡拥有了某个人的特征，那第八个孩子，艾哈迈德或扎赫拉。他用上天的所有惩罚威胁我，责备我背叛了这个秘密，责备我的存在玷污了秘密帝国，在那里，秘密都是深埋着的。终极秘密寄居在我身上。它如此隐秘，在我不知情的情况下操纵我。我真是太不谨慎！

真是太不理智了！我的不幸早已开启。我的不幸无边无际，我看到疯狂在向我逼近。我再也没有脸面出现在观众面前，我感到羞愧。诅咒在我身上生根发芽。无论是你们还是我，都永远无法知道那个无法通过所有大门的故事的结局。我不得不隐姓埋名，另谋生路，从事其他职业。公众作家，没有顾客；行医者，不曾取得过任何成功；鲁特琴演奏者，人们干脆充耳不闻。这些都行不通，该死的！我是被诅咒了，看不到一丁点希望。我去往国家的最南边，完成了朝圣。几个月来，我穿过了一个又一个陌生的村子，我陷入了疯狂，那些村子仿佛幽灵，空虚的身体，阻挡在我的死亡之路上，死亡在嘲笑我，折磨我。我记得有一天晚上，我在一棵树下累得睡着了，那个地方荒凉得只有石头和这棵树。当我第二天醒来时，我发现身处墓地，有一群白衣人在大坑里埋葬青少年，他们没有裹尸布，浑身赤条条。我吓坏了。走近墓坑，看到了儿子的尸体。我尖叫。一只有力的手捂住了我的嘴，生生遏制了我的尖叫。我着了魔，顺着本能的指引前进。我走了很久，却在某个令人费解的偶然间发现自己回到了起点。那些我认为是我创造出来的人物突然挡住了我的去路，把我拦下问我问题，要我给他们交代。我深陷在自己的妄想中。一些手对我指指点点，控诉我背叛了他们。艾哈迈德的父亲把我囚禁到了一栋旧楼里，要求我回到广场上，讲述另一个版本的故事。他是一个易怒、残暴的男人，一只脚快要踏入地狱的门口。母亲跟在他身后，坐在一辆小车里。她不停地往地上吐口水。她那双呆滞的眼睛盯着我看，看得我发毛。我还顺带见到了法蒂玛。她的病已经好了。那是一个星期五的大白天。她拦住我说："我是法蒂玛。我痊愈了。"她站在我面前，手捧鲜花，高兴得就像刚刚向命运复了仇一样。她微微笑着。她的白裙子——有点像裹尸布，又有点像婚纱——几乎完美无瑕；只在褶皱中有点土。她用平静的语调对我说："你现在认出我了吗？你选择了我，让我成为你小说人物的牺牲品。你又急急忙忙摆脱了我。现在我故地重游，我要看看那些我希望成为永恒的东西。我明白了，这个国家并没有改变。而你，你已经迷失。你远离了你的故事和理性。土地是干旱的，尤其是南方，我以前不知道南方。我重新想起你的故事，清点着死去的人数，期待着那些幸存者到来。你不能左右我了，我属于你所说的永恒，尽管你并不知情。这个国家没有改变，或者更确切点说，我看到好多事情在恶化。这很奇怪！人们一生都在遭受不幸；每天都有人羞辱他们；他们从不发牢骚，然后有一天他们涌上街头，见什么砸什么。军队介入，朝人群开枪想要恢复秩序。沉默、落下的人头。人们挖了一个大坑，把尸体都扔了进去，这事儿后来变成了传闻。我生病的时候，看不到周围发生的事。我和病痛搏斗着，等待着解脱。现在，我什么都听到了，尤其是儿童的喊叫声还有枪声。还不到二十岁就死于流弹，实在是愚蠢啊。我看到他们走过来，全都吓傻了。可怜的孩子们啊！……"

她顿了顿，从鲜花遮盖的口袋里拿出椰枣，递给我："拿着，你吃吃这枣子，很好吃的。不要害怕，这枣不是我们放在死者眼睛上的那些。真的不是的，这些是我今天早上刚摘的……吃了它们，你看东西会更清楚！……"

确实，我吃下了全部椰枣，随即看到了亮光，亮到我什么都看不见了。我被强光照得头晕目眩，只能看到白光修剪的影子。当然，我周围一个人都没有了。法蒂玛消失了。我揉了揉眼睛，揉到生疼。我完全被这个故事和里面的人物支配了。你们知道，不要迷信，我们不应该拿这些事开玩笑！我们讲述的故事就像某些地方。在遥远的过去，有人居住在里面，但他们不一定是我们所说的鬼神。一个故事就像一座房子，有层次、楼层、房间、走廊、门窗、阁楼、地窖或地洞、无用的空间。墙壁承载了记忆。稍微刮擦一下石头，仔细听，会听到很多声音！时间把白昼带来的和消散在夜晚的东西都收集起来，收藏，保存。见证者，就是石头，石头的状况。每块石头都是一页纸，被写过、读过、涂改过的。一切都在尘埃中，一则故事、一所房子、一本书、一片沙漠、一次流浪、一个忏悔还有一份宽恕都如此。你们知道吗？宽恕就是隐瞒。我没有能带我通往天堂的荣光。我忘了那五段经文。我想我故事的源泉永远不会枯竭。像海洋一样，像云朵一样，接连相随、变化无穷，不过总会带来雨水。我寻求宽恕，谁敢赐予我这样的遗忘？有人告诉我，一位无名氏诗人可以帮助我，那位诗人成了隐瞒和掩饰的沙之圣人。我离开了，我放弃了所有，徒步跟着沙漠商队走了。我抛弃了一切，穿上羊毛袍子，头也不回地一路向南。我再也没有家了，再也没有工作，再也无牵无挂。曾经,我从不为明天担心地活着,大广场上有我的一席之地,有忠实的、专注的听众。我靠讲故事为生,每天都睡得很安稳。我在古老的手稿中翻找,盗取别人的故事,直到有一天,一位来自亚历山大的可怜女人找到了我。她身材纤细,皮肤黝黑,目光犀利。她听遍了广场上所有的说书人,最终选择了我。她开门见山跟我说:"所有说书人的故事我都听过了,只有您能胜任讲述我叔叔的故事,其实是我的姑姑!我需要从这个秘密的重压中解脱出来,一个压迫了我们家族多年的秘密。我们是在叔叔去世那天发现了他的真实身份,从那时起,我们就一直生活在噩梦之中。我想,把这个故事公之于众会使它成为一个传说,而且众所周知,神话传说比精确无误的现实更经久不衰。"

她详细地给我讲述了贝·艾哈迈德的故事,花了整整两天时间。我一边听着,一边思考着该如何改编,让它符合我们的国情。但两者都是传统的穆斯林阿拉伯社会,两者之间几乎没有什么差异。我问她为什么选择了我。她告诉我,也许这样说是为了奉承我,是因为我比其他人更有想象力,然后她还补充道:"现在这个故事和您融为一体,会占据您的白天您的夜晚,会在您的身体和思想中掘出一席之地,您再也无法摆脱它了。这是一个来自远方的故事,走过了死亡的深处。自从我把它说出来,我感觉好多了,感觉自己变得轻盈又年轻。我会给您留下一笔财富和一口深井。注意,不要混淆了它们,跟着您的理智走!要对得起这个秘密和它的伤痕。让这个故事通过七座灵魂的花园传递出去。永别了，我的朋友，我的同谋！"

　　她在离开我之前，给了我一本两百多页的大簿子，里面记录着贝·艾哈迈德的日记和想法。我一遍又一遍地阅读，每一次都为之震惊，不知道该拿这个故事怎么办。于是，我开始了讲述这个故事。我每进一步，就越是陷得更深……我的人物们离开了我……我不得不做起调查，直到有一天，趁着广场大清理，我走上了通往南方的路。当书中的文字被满月一洗而空时，我起初很害怕，但那是我获得解脱的第一个迹象，我自己也已经忘记了这一切。如果你们中的任何人想知道这故事的后续，他必须在满月来临之际询问月亮。我，我把书、墨水瓶和笔杆放在你们面前。我要去死人的坟墓上读《古兰经》！

　　　　　　　　　　　　1982年12月—1985年2月

L'enfant de sable
© Éditions du Seuil, 1985
2024 SHANGHAI TRANSLATION PUBLISHING HOUSE (STPH)
All rights reserved.

本书系上海文化发展基金会资助项目
入选"十四五"国家重点出版物图书出版规划

图字：09-2022-148 号

图书在版编目（CIP）数据

沙的孩子 /（摩洛哥）塔哈尔·本·杰伦著；黄依波译；袁筱一，许钧主编. -- 上海：上海译文出版社，2024. 11. --（非洲法语文学译丛）. -- ISBN 978-7-5327-9613-7

Ⅰ. I416.45
中国国家版本馆 CIP 数据核字第 2024K9Q758 号

沙的孩子
［摩洛哥］塔哈尔·本·杰伦 著　黄依波 译
责任编辑 / 黄雅琴　装帧设计 / 周伟伟

上海译文出版社有限公司出版、发行
网址：www.yiwen.com.cn
201101　上海市闵行区号景路 159 弄 B 座
上海盛通时代印刷有限公司印刷

开本 889×1194　1/32　印张 6.25　插页 2　字数 104,000
2024 年 11 月第 1 版　2024 年 11 月第 1 次印刷
印数：0,001—3,000 册

ISBN 978-7-5327-9613-7
定价：62.00 元

本书中文简体字专有出版权归本社独家所有，非经本社同意不得转载、摘编或复制
如有质量问题，请与承印厂质量科联系. T: 021-37910000